O adiantado da hora

OBJETIVA

Carlos Heitor **Cony**

O adiantado da hora

Romance

OBJETIVA

EDITORA OBJETIVA LTDA. Rua Cosme Velho, 103
Rio de Janeiro – RJ – CEP: 22241-090
Tel.: (21) 2199-7824 – Fax: (21) 2199-7825
www.objetiva.com.br

Capa
Angelo Venosa

Imagem de capa
Der verlorene Sohn, de Masc Beckmann
Reprodução sob autorização do Sprengel Museum

Revisão
Antonio dos Prazeres
Damião Nascimento
Umberto Figueiredo Pinto

Editoração
FA Editoração Eletrônica

C768a
Cony, Carlos Heitor
O adiantado da hora / Carlos Heitor Cony. - Rio de Janeiro : Objetiva, 2006

217 p. ISBN 85-7302-775-4

1. Literatura brasileira - Romance. I. Título

CDD B869.3

Dementia omnia vincit

Nota

Este livro foi pensado e escrito, originalmente, como uma rapsódia&farsa em três atos. A incompatibilidade do autor com o texto teatral, ainda que em sua versão mais descompromissada, obrigou-o a insistir mais uma vez no gênero ao qual se habituou.

Do primitivo projeto foi conservada apenas a ficha técnica que comumente antecede os textos escritos para o palco, com o acréscimo de dois narradores diferentes: um que nada procura inventar; e outro que procura inventar tudo, inclusive a si mesmo.

CHC

Ficha técnica

(pela ordem de entrada em cena)

Personagens

Zé Mário (foi captar a verdade e captou a mentira)
Dr. Evandro (desconfiava que havia caroço embaixo do angu)
Seabra (aliás, Antônio Ferreira de Araújo)
Narrador (tentou narrar o que não acontecia)
Aparecida Menezes (a mulher que ressuscitou em Cabo Frio)
Manuel Firme (firme como o Pão de Açúcar, mas nem tanto)
Tio Augusto (notável pelo pavor de aranhas)
Yolanda (mulher de Seabra, por pouco e suficiente tempo)
Maria Ignês (filha de Seabra, tinha excelente fêmur)
Um forasteiro
Outro forasteiro
Um ou dois feiticeiros
Kathryn Wingles Ulmann (a alemã de coxas teutônicas)

E uma porrada de gente que entra e sai, inclusive Madre Teresa de Calcutá e o Caboclo Ventania.

Época

Vários e contraditórios anos do século xx, sem ordem lógica ou cronológica para os feitos e defeitos relatados, omitidos, insinuados e inventados.

Cenário único

O território que abrange a Região dos Lagos, no estado do Rio de Janeiro, com breves e nem sempre necessárias incursões a lugares próximos, com exceção de Bombaim, por causa da Madre Teresa de Calcutá, e de Hamburgo, por causa da alemã de coxas teutônicas e da usina nuclear que os alemães não estariam construindo naquele trecho do litoral fluminense.

Participação especial

Américo Vespúcio (1451-1512) (Deu nome a Cabo Frio e deixou que outros dessem seu nome a outro lugar)

Euclides da Cunha (1866-1909) (Entrou em atrito com o Caboclo Ventania)

François Marie Arouet, dito **Voltaire** (1694-1778) (Comparece em forma de busto, o único busto dele num raio de 10 mil quilômetros)

Paulo de Tarso (10-67 d.C.) (Enviou terrível epístola aos cabofrienses)

O alferes Joaquim José da Silva Xavier, vulgo Tiradentes (nome de navio e busto na Vara de Trabalho)

Trilha Musical

Carmina Burana (Carl Orff)

Cadê Vira-mundo, ô Pemba (Ponto de macumba)

(Recomenda-se a antífona "Haec dies quam fecit Dominus", em gregoriano, para a melhor eficácia da Epístola aos Cabo-frienses)

Efeitos especiais

Tantos e tais que se tornaram defeitos sem qualquer especialidade.

I

O que fui fazer em Cabo Frio?

Foi a pergunta que me fiz ao chegar a Cabo Frio, o verão ainda estava distante. Seguindo as instruções do Dr. Evandro, eu teria de "captar" as informações que ele me pedira. Gostara daquele verbo que ele usara e daquela função na qual me investira, mas não sabia ao certo o que devia captar. Normalmente, nada teria a fazer, quando era rapaz freqüentava suas praias e dunas, tudo ali não passava de uma vila de pescadores, com nobre história, salinas e moinhos de vento que marcavam a paisagem, tantos e tão brancos que se tornaram símbolo da cidade e da região. Destacavam-se de um céu luminoso que parecia dourado, e do mar aberto que, embora verde em alguns pontos, era azul, de um azul escurecido e profundo.

Ali estava não a passeio ou de férias, nem mesmo a trabalho, mas para quebrar um galho circunstancial dos muitos que fazia, sucessivos e mal remunerados, para o Dr. Evandro, ou melhor, para o escritório da firma Evandro, Gouveia & Advogados Associados, estabelecida na rua da Ajuda, 313, no Centro do Rio.

Perdera o pai dois anos antes, tive de trancar a matrícula na Faculdade de Direito, faltava dinheiro para continuar os estudos, a mãe recebia uma pensão que mal dava para manter a casa, eu precisava ajudar com alguma coisa. Mas nada sabia fazer, não conhecia ninguém, cheguei a pensar num concurso para preencher vagas num banco, mas não gostaria de passar o resto da vida atrás de um guichê tendo à frente uma fila de clientes mal-humorados.

A mãe tomou coragem, procurou o escritório do Dr. Evandro, amigo do pai, colega dele na faculdade. Era um dos advogados mais notáveis do país. O pai não passara de um rábula, profissional de porta de xadrez, com pequenas causas e grandes aborrecimentos. Mesmo assim fazia questão de que me formasse, seguisse os passos dele, apesar de reconhecer que eu não tinha vocação para o ofício nem para qualquer outro.

Eu concordava com ele, detestava processos, leis, recursos, audiências, papéis e papéis, detestava sobretudo palavras e palavras. Mas não tinha como contrariar o pai. Eventualmente gostava de ler, mas ler outras coisas, coisas que não me dariam profissão nem dinheiro. E nem sempre sabedoria ou prazer.

Por solidariedade para com o colega de faculdade, mais por isso do que por necessidade de trabalho, Dr. Evandro topou o pedido de minha mãe, aceitou-me em seu escritório como um agregado, mistura de contínuo, de moço de recados, quase faxineiro. Ali trabalhavam cinco advogados, todos com secretárias, havia uma estrutura de empresa, eu sobrava naquele meio, fazendo tudo ou não fazendo nada, apenas para no fim do mês, sem carteira assinada, sem nenhum direito trabalhista, ganhar um salário de merda que deveria dar para minhas despesas pessoais e, em hipótese remota, ajudar lá em casa.

Cursara Direito até o terceiro ano, o suficiente para descobrir que nada tinha a ver com aquilo. Os estudos foram medíocres, comparecia às aulas para ter freqüência, passava raspando nos exames, na maioria das vezes em segunda chamada, levava bomba na primeira.

Tornei-me uma espécie de contínuo preferencial do Dr. Evandro, que realmente fora amigo do pai e parecia gostar de mim. Apesar das secretárias e dos outros contínuos, ele me distinguia mandando-me comprar cigarros, fazer entregas, excepcionalmente ia ao foro apanhar ou levar algum processo ou petição.

Dr. Evandro tinha amante, mulher suntuosa, casada com um industrial meio atrapalhado, sempre metido em enrascadas fiscais, exalando um cheiro genérico de corno (ele sabia que a mulher era amante do Dr. Evandro mas fingia não saber). Levava vantagem porque só pagava as custas dos processos em que se metia ou que se metiam com ele, esquecendo de pagar os honorários do escritório.

Fui encarregado de ser intermediário de suas trepadas, marcando encontros e evitando desencontros. E logo recebi uma função que muito poderia me honrar mas que achei suspeita. Pediu-me para comprar frutas-de-conde numa confeitaria da cidade, eram naquele tempo frutas de rico, vendidas em confeitarias de luxo e não em feiras livres e quitandas. E devia colocar no caprichado embrulho de papel metalizado um cartão do próprio Dr. Evandro, com o nome e endereço da destinatária, que se chamava Emma, com dois emes. Morava para as bandas do Jardim Botânico.

Saí-me bem da missão e logo mereci outra, mais transparente e meritosa: comprar uma coroa no Mercado das Flores, na praça Olavo Bilac; morrera um desembargador importante, digno da homenagem coletiva do escritório. E de uma outra coroa, suplementar, do próprio Dr. Evandro. Fui comprar as duas, com a incumbência de mandar imprimir os dizeres das faixas – a função mais importante que até então recebera. Na primeira, pedi para colocar "Último tributo de Evandro, Gouveia & Advogados Associados". Na segunda, "Saudades imorredouras do Evandro".

Acho que também me saí bem. Quando voltei e prestei contas, ele não apenas elogiou o que mandara gravar nas coroas como queria falar comigo em particular. Pediu que fechasse a porta de sua sala:

– Rapaz, fui amigo de seu pai, colega dos melhores que tive na faculdade e na vida. Nunca pude fazer nada por ele, era muito orgulhoso, e, aqui entre nós, se era um bom, excelente homem, não era lá essas coisas como advogado. Não tinha faro e sempre me pareceu que não tinha jeito. Mas isso nunca interferiu em nossa amizade, via-o pouco ultimamente, ele parecia ter vergonha de ter ficado tão por baixo e eu, colega dele desde o primeiro ano dos bancos universitários, ter subido na vida.

Fez uma pausa para fumar um cigarro, aproximei-lhe o cinzeiro, como sempre fazia e ele apreciava, era meio desmazelado e, sem cinzeiro, sujava mesa, processos, papéis e, não raras vezes, a roupa com a cinza que esquecia de quebrar.

Não podia imaginar onde a conversa nos levaria. A porta fechada, o desabafo sentimental pelo colega de faculdade. Na véspera, eu já cumprira missão exemplar, levando para a amante dele uma dúzia de rosas do tipo Príncipe Negro, que eram as mais valorizadas no mercado. Além do mais, eu atravessava boa fase profissional, ele aprovara com entusiasmo os dizeres que mandara gravar na faixa das duas coroas enviadas ao enterro do desembargador.

– Bem, vamos ao que interessa. Preciso de pessoa de absoluta confiança para a missão. Evidente que confio em todos aqui... gente solícita... gente de mérito... mas confiança é coisa especial... muito pessoal... e...

Olhou-me fundo, para ver se eu estava preparado para a misteriosa cruzada de que me encarregaria. Não podia ser um maço de cigarro, frutas-de-conde para a amante, nem coroas de defunto para um desembargador que viesse a morrer nos próximos dias:

– Só tenho você para me ajudar neste trabalho. É um caso enrolado, bastante enrolado, em que não posso me meter nem meter o escritório... na realidade, não há nada de concreto, apenas a suspeita de que um escritório rival está na jogada e eu preciso ficar informado... ainda não tenho e acho que dificilmente terei oportunidade de entrar na ação... não chega a ser a minha especialidade, mas o negócio envolve prestígio, o Brasil está negociando com a Alemanha um programa de energia nuclear... não, não se assuste, você não correrá perigo com nenhuma bomba atômica... nem criará caso algum com a Alemanha, que é chata pra burro quando resolve criar caso... a coisa é mais simples...

Na realidade, eu estava começando a ficar assustado. Percebia que seria missão acima de minhas possibilidades. Mas como nada entendera até aquele ponto, adotei a postura reverente a que me habituara diante dele e dos demais. E quanto menos entendia, mais cara fazia de que estava disposto a topar tudo pelo bem do escritório Evandro, Gouveia & Advogados Associados, pelo bem do Dr. Evandro e pelo bem de mim próprio.

O caso, embora importante e complicadíssimo, apesar de exposto com a clareza profissional e própria do Dr. Evandro, me pareceu obscuro e acima do que se poderia esperar de mim:

– Zé Mário, você vai passar umas semanas, talvez dois ou três meses, em Cabo Frio... evidente, por conta do escritório... quer dizer, por minha conta particular, não quero mais gente metida nisso...

Nunca ninguém me falara assim e eu me senti importante. Mas que diabo? Por que Cabo Frio?

Foi o que perguntei.

–Você conhece a região? Conhece alguém lá?

Conhecia vagamente a cidade, havia muito que não a freqüentava, e ali não mais conhecia ninguém. Dr. Evandro gostou de ouvir isso, era de pessoa assim que precisava, nem muito por dentro nem muito por fora de seus objetivos. Mas precisava de mim para quê?

Começou a explicar os detalhes:

– Preciso de uma pessoa insuspeita (fiquei sabendo então que ele me considerava insuspeito) que fique por lá uns tempos, tomando informações...

Que tipo de informações? Sobre a energia nuclear, sobre a Alemanha? Fiz a besteira de perguntar isso e Dr. Evandro sorriu, enquanto espantava um mosquito imaginário que imaginariamente passou-lhe pela testa:

– Não, meu caro, a coisa é simples... muito mais simples... bem mais simples...

Adiantou:

– Uma mulher desapareceu misteriosamente por lá... era uma alemã, de seus 40 anos, bonita... livre... trabalhara como modelo em Hamburgo... sabe como é (eu não sabia), lá tem o Quarteirão dos Prazeres, famoso em toda a Europa... depois passara um tempo como comissária de bordo da Lufthansa... fazia a rota da América do Sul, gostou do Brasil, gostou principalmente da Região dos Lagos... abandonou tudo e foi morar por lá, em Búzios... Cabo Frio... Arraial do Cabo... parece que se envolveu em contrabando não sei de quê... de drogas ou de qualquer outra coisa... o fato é que desapareceu... há dois meses a polícia e a Interpol procuram saber o que houve com ela, o consulado da Alemanha mostrou interesse pelo caso... consultou um escritório rival... meu caro Zé Mário, tenho motivos para suspeitar de que há caroço por baixo deste angu...

A imagem do caroço e do angu traía a origem baiana do Dr. Evandro. Eu não a ouvia habitualmente, pois nunca apreciei o falar dos baianos, embora goste deles e lhes inveje o jeito e o sestro.

Com jeito, mas sem qualquer sestro, perguntei como deveria proceder para tomar as informações. Que informações exatamente? Ele me garantiu que eu não precisava sair por Cabo Frio, Búzios, Rio das Ostras, Arraial do Cabo e São Pedro da Aldeia perguntando pela alemã, nem metendo o nariz onde não fosse chamado.

Bastava captar o clima da cidade, os hábitos das pessoas, nacionais ou estrangeiras, que lá se radicam ou lá passam temporadas, saber o que fazem, como vivem, de que vivem, com quem se relacionam, o que pretendem.

Usou – como já disse – o verbo "captar" e acreditou que eu captara bem a coisa.

Para ser sincero, eu não captara porra nenhuma, mas não custava tentar. E assim cheguei a Cabo Frio, com algum dinheiro no bolso e nenhuma vontade de entender o que realmente iria fazer ali. Tomar informações era vago, conversaria com pessoas, freqüentaria bares, praias, poderia fazer um relato dos hábitos locais, mas nada que me comprometesse ou comprometesse a Alemanha e o programa nuclear do Brasil.

Aluguei um bom quarto no hotel que estava sendo inaugurado na praia do Forte, diante do mar e do extenso areal que parece se perder até Araruama. Numa agência de carros usados arranjei um fusca em bom estado, cor azul-pavão, que era novidade na época, e de certa forma combinava com o azul do mar em redor. Às poucas pessoas que se interessavam em saber o que estava fazendo ali, eu dizia que precisava tomar sol, escrever um livro talvez, levei a pequenina máquina Olivetti, lettera 22, na qual o pai batia suas petições de advogado de porta de cadeia.

No terceiro dia após minha instalação na paisagem e no meio, achei que era hora de iniciar o trabalho de captação e captei, sem querer, uma visão noturna e marinha que muito me impressionou.

Numa das casas de veraneio, a mais imponente naquele local, um deque elegante dava diretamente para o trecho que prolonga a praia do Forte em direção ao Centro da cidade. E boiando nas águas, iluminadas por refletores escondidos junto a coqueiros-anões do jardim, um objeto estranho, que parecia inicialmente um peixe luminoso, mas logo descobri que não era peixe, mas um pequeno navio artesanal, do tamanho de um bote dos menores, feito de isopor ou material equivalente. Pelos buraquinhos abertos no casco macio e branco, viam-se os camarotes iluminados.

Fiquei olhando aquilo, deslumbrado, e achei que devia começar por ali a captação de minhas informações. No dia seguinte, perguntei de quem era aquela casa, de quem era aquele navio, quem o encomendara, quem o fizera, como fora parar ali. Tomei conhecimento de um banqueiro, Magalhães Coelho, de Minas, de seu gosto pelo mar e pelos navios, de como encomendara a monstruosidade a um forasteiro que chegara a Cabo Frio, estendera um plástico azul junto ao antigo Mercado de Peixe, e fazia brinquedinhos de madeira ou lata para crianças, barquinhos, carrinhos, cavaquinhos.

Era pouco e achei que não valia abrir a Olivetti para registrar a primeira e inofensiva captação.

ooo

No dia seguinte ao da visão do barco iluminado, fosforescente, brilhando nas águas do lago artificial de um banqueiro natural de Minas, pensei em iniciar a minha pesquisa pelo próprio banqueiro, porque era de Minas, devia ter alguma culpa naquilo tudo, se é que havia culpa na embrulhada em que me metera. E pelo fato de ser banqueiro, também devia ter alguma culpa, não há notícia de existir no mundo um banqueiro inocente.

Sendo um dos mais importantes do país, certamente seria amigo íntimo ou distante do próprio Dr. Evandro, que é amigo íntimo ou distante de todos os personagens importantes.

A alternativa seria procurar o fabricante do navio, fiz perguntas que me pareciam inteligentes na medida em que eram aleatórias, nada sabiam dele, afora sua condição de forasteiro, sem raízes no lugar, chegado de repente com seu plástico azul e seus brinquedinhos de lata e madeira. Pouco para começar a esclarecer o mistério de uma alemã transviada, que um jornal da região, *A Gazeta do Cabo*, quando de seu desaparecimento, louvara-lhe as "coxas teutônicas". E pouquíssimo para descobrir qualquer coisa parecida com uma bomba atômica que ali estaria sendo feita.

E passaria uns dias sem nada fazer ou investigar se não encontrasse, andando no cais junto ao canal, onde o forasteiro costumava estender o plástico azulado, um homem pensativo que caminhava de lá para cá, como se também procurasse alguma coisa. Eu também fazia o mesmo, andando de um lado para outro. Fatalmente teríamos de tomar conhecimento recíproco.

Da primeira vez, mal nos olhamos. Da segunda, olhamos mais um pouco. Na terceira, fizemos um ligeiro aceno de cabeça, como se nos cumprimentássemos.

Por coincidência ou não, no dia seguinte, mais ou menos à mesma hora, fui ao local para ver se o forasteiro resolvera aparecer. Quem apareceu foi o mesmo homem, que logo me cumprimentou com intimidade que julguei exagerada. Retribuí ao cumprimento e percebi que ele ia dizer qualquer coisa mas não foi preciso. Um rapaz aproximou-se dele e entregou-lhe um pequeno ramo de flores roxas, das quais eu não sabia o nome.

Comentei:

– Bonitas flores... são hortênsias?

O homem riu:

– Não. Hortênsias são maiores e de azul mais claro. Dão muito em Petrópolis, Teresópolis, em regiões serranas. Estas aqui são monsenhores...

Nunca ouvira falar que houvesse na flora nacional uma flor com aquele nome, nome de dignatário eclesiástico, impróprio para qualquer tipo de coisa ou pessoa que não fosse um próprio monsenhor.

– Nome estranho para uma flor – voltei a insistir.

– O senhor gosta delas?

– Acho que gosto... não sei... não tenho opinião firmada...

– Há gente que não gosta... servem para enfeitar defunto...

A informação era inútil para o que eu procurava, mesmo assim fiquei intrigado.

– Existe flor especial para enfeitar defunto?

– É tradição, aqui e em outros lugares...

Olhou-me com admiração:

– O senhor não é daqui, nunca o vi antes, certamente não me conhece...

– Não tenho a honra...

– Sou bastante conhecido, fui vereador, deputado estadual... jornalista, sou o Seabra, quem nunca ouviu falar no Seabra em toda a Região dos Lagos?

– Francamente, nunca tinha ouvido falar no senhor... sou do Rio, faz tempo que não ando por aqui...

– Percebe-se. Está veraneando?

Não era verão ainda, mas entendi o que ele queria dizer. Achava que eu estava de férias ou a passeio, não podia suspeitar que trabalhava para o Dr. Evandro, que procurava uma coisa provável, a alemã, e uma outra improvável, a bomba atômica que ali estaria sendo feita.

– Mais ou menos – respondi. – Estou atrás de um cara que costuma ficar por aqui, fazendo e vendendo brinquedinhos... um forasteiro...

– Coincidência! Eu também estou procurando o mesmo homem... sumiu de repente, como de repente apareceu por aqui... parece que, além de forasteiro, é também feiticeiro... andou uns tempos em Búzios, metido com uma alemã...

o o o

Apesar de não ter dado bola até então para a missão que procurava desempenhar sem entusiasmo, fiquei alvoroçado. A coisa estava saindo mais fácil do que esperava. Já captara coisas admiráveis, a saber:

1) Um navio iluminado.

2) Um forasteiro.

3) A possibilidade do forasteiro acumular as funções de feiticeiro.

4) Uma alemã com coxas teutônicas, conforme atestara *A Gazeta do Cabo*, fundada no início do século e de absoluta credibilidade local.

5) Um Seabra.

Era muito e não era tudo.

Não abri o jogo, com receio de perder tão valiosa pista. Preferi mudar de assunto, voltando aos monsenhores:

– Essas flores... o senhor vai a algum enterro, enfeitar algum defunto?

O homem riu.

– Não. Não vou a enterro nenhum, nem gosto de enfeitar defuntos. É uma encomenda para...

Olhou-me com seriedade, sondando-me, para ver se merecia confiança. Acho que não mereci.

II

O grande Seabra e seus pequenos traumas

Ninguém sabe por que nem quando o chamavam de Seabra – nem ele, que por cautela adquirida com o tempo nem mesmo se chamava, deixando isso para os outros.

No Registro Civil, na Inspetoria de Trânsito, na Receita Federal e na Ordem dos Velhos Jornalistas, da qual era sócio fundador e remido, em várias delegacias especializadas ou não, constava o seu nome verdadeiro, Antônio Ferreira de Araújo, sendo que nesta última instituição, para melhor identificação, depois dos nomes oficiais, aparecia o *Seabra*, entre parênteses, como uma espécie de fórmula química (H_2O), para a água; como uma família botânica (*Cucumis sativus*), para o pepino; ou identificação de um micróbio (*Treponema pallidum*), para a sífilis.

Seria um mistério em si, nome imposto pelo uso e adotado pelo consenso, não fosse o próprio Seabra um mistério à parte, ninguém tinha certeza de nada quando dele lembravam ou quando procuravam esquecê-lo.

Mas como esquecer o sujeito que garantia ter sido seduzido pela Madre Teresa de Calcutá, em 1935, quando viajava pelo Oriente (onde nunca pôs os pés) e passou a noite num albergue em Bombaim, onde fora recolhido após assombrosa bebedeira.

Colocado numa esteira de bambu, Seabra curava o porre quando uma freira com cara de retirante nordestina aproximou-se e perguntou se ele precisava de alguma coisa. Sim, ele precisava, a freira estranhou aquele desconhecido ali jogado na esteira de bambu, entre indigentes, mas com furiosa vontade de trepar, trepar o que fosse, uma vaca sagrada (estava na Índia), um camelo, um encantador de serpentes, até mesmo uma serpente, embora fosse complicado transar com uma delas.

É de ignorância geral como se passaram as coisas, nem mesmo ele sabia ao certo. O próprio Seabra contava o episódio em diferentes versões, que poderiam ser assim classificadas:

a) em 78 rotações, curtas como os primitivos discos das vitrolas antigas;

b) em longa duração, como nos discos de vinil, em 33 rotações, um pouco mais compridas;

c) em CD, narração que durava mais de uma hora, com detalhes escabrosos nos quais a freirinha revelava uma luxúria que deixara Seabra de língua dura e pau mole.

Quando, anos depois, soube que a madre ia ser elevada à glória dos altares, como santa, ele acrescentou um lance ao episódio: após saciado pela gula da freira, ela o teria obrigado a recitar os sete Salmos Penitenciais, dos quais Seabra não tinha conhecimento prévio, nem deles teria depois, apesar de, voltando ao Ocidente e procurando se informar, ter arranjado com um beneditino de Solesmes um livro de orações que tinha os referidos salmos em versão latina e francesa.

Seabra não sabia latim nem francês, o livro de orações de nada lhe serviu, mas segundo constava, foi trocado por uma imagem do Senhor dos Passos atribuída ao Aleijadinho ou a um de seus discípulos, troca que inauguraria Seabra ao mesmo tempo como eventual comerciante de obras raras, entendido em barroco mineiro, jornalista e desocupado nas horas vagas, que eram muitas, para não dizer, todas.

Sua biografia poderia começar em qualquer ponto de sua vida, desde o nascimento, do qual não havia detalhes mas versões contraditórias, até o dia em que perdeu a memória, diante de sua filha, negando-se a admitir que ele, Seabra, fosse Seabra mesmo, embora fosse Antônio Ferreira de Araújo no Registro Civil, na Inspetoria de Trânsito, na Receita Federal etc.

Para efeito histórico, o único fato que realmente consta como verdadeiro foi o seu encontro, não com a Madre Teresa de Calcutá, improvável em muitos sentidos, nem com sua filha no balneário de Guarapari, quando perdeu a memória e negou ser ele mesmo.

Tudo teria começado no dia em que conheceu Aparecida Menezes, a mulher que ressuscitou em Cabo Frio, e da qual se tornou apóstolo primeiramente, empresário numa etapa posterior e, depois de sua eleição para deputado estadual, herdeiro eventual de algumas de suas faculdades e posses.

Foi um caso complicado, que mereceu registro no jornal da Região dos Lagos, a citada *A Gazeta do Cabo*, com o acréscimo da palavra "deveras": *deveras complicado.*

Aparecida Menezes chegara a Cabo Frio para passar uma temporada, trazida por um sujeito gordo que diziam ser milionário mas não era. Ocuparam uma das cabanas da pousada que havia, ali perto da Ogiva, ao lado de um restaurante cujo proprietário era um espanhol que se dizia especialista em frutos do mar e em textos de Cervantes que ninguém conhecia, de forma que muitas vezes declamava coisas incompreensíveis em qualquer língua e todos o louvavam como um erudito perdido no mundo de areia, sol e sal de Cabo Frio.

Certa manhã, ao acordar, Aparecida descobriu que o milionário gordo havia se evadido, deixando as contas da pousada e do restaurante para ela pagar. Narrando o episódio, *A Gazeta do Cabo* disse textualmente que o milionário gordo *"fora às vilas do Diogo"*, expressão que, mesmo naquela época, não era mais usada.

Como não tinha um tostão, Aparecida aceitou a oferta do espanhol que havia fugido da Guerra Civil com o dinheiro de uma coleta internacional para ajudar os antifranquistas. O espanhol, um tal de Amabile, tinha uma voz rouca e abrigava casais suspeitos ou não. Cabo Frio era ainda deserta, não fora invadida pelos mineiros que procuravam suas praias. Não tinha estrada de rodagem nem barcas. Chegava-se de trem a São Pedro da Aldeia e enfrentava-se 20 quilômetros de caminhos precários, entre salinas que cheiravam a podre, como se fosse a exalação de gases intestinais de um frade velho e gordo.

O espanhol a manteve durante algum tempo, chegando mesmo a prosperar após a chegada de Brigitte Bardot a Búzios, vila próxima e distrito de Cabo Frio, mais tarde balneário rival.

Aparecida tornou-se amante do espanhol, que morreria pouco depois, de falência múltipla de órgãos, deixando-lhe a pousada e o restaurante anexo, que ela vendeu e torrou o dinheiro com amantes e farras.

Perdeu tudo mas pouco depois ganhou uma cardiopatia e, segundo consta, morreu na tarde de um sábado. Houve velório e ia haver o respectivo sepultamento – que será narrado mais adiante. Mas de repente Aparecida levantou-se do caixão e gritou:

– *Dominus vobiscum!*

Com o retorno do mundo dos mortos, Aparecida fundou uma religião que prosperou em toda a região, até que se juntou a Seabra, que nela adivinhou um extraordinário cabo eleitoral. Candidatou-se a vereador, e mesmo com a ajuda de Aparecida Menezes, a que ressurgira dos mortos, não foi eleito. Mas subornou um mesário que alterou as atas de diversas seções eleitorais, num tempo em que as eleições eram feitas a mão, com cédulas individuais. E a mão era feita a contagem.

Eleito e empossado, Seabra surpreendeu Aparecida na cama com um vereador de Araruama, que desejava candidatar-se à prefeitura local. Não a acusou de adultério mas a denunciou, revelando que ela encenara a própria morte e a conseqüente ressurreição.

Foi aí que Seabra decidiu tornar-se respeitável, casando-se com Yolanda Ribeiro, filha de um ex-padre que se filiara à Igreja Católica Brasileira, fundada pouco antes por um bispo que abrira um cisma dentro da hierarquia tradicional e aceitava casar pessoas já casadas diversas vezes, desde que pagassem.

Seabra viveu uns tempos tentando ser respeitável, para o que gerou uma filha e apresentou projetos mandando calçar diversas ruas em Cabo Frio, Arraial do Cabo e Búzios. Nenhuma delas foi calçada porque não havia verbas, mas ele ganhou o mérito de ter tentado.

Reelegeu-se vereador, já sem a ajuda da morta-viva, pelo contrário, com a oposição dela. Nem mesmo assim tornou-se respeitável. Diziam que cobrava comissões para dar segurança aos cassinos clandestinos da região, recebia suborno de banqueiros do jogo do bicho e dos donos de meia dúzia de inferninhos que exploravam menores de idade e vendiam drogas.

Ao mesmo tempo que praticava tais e tantas façanhas, dava em cima de todas as mulheres disponíveis ou não que lhe passavam pelo caminho ou que nem chegavam a isso, pois Seabra ia até elas.

Foi assim que, anos depois, quando Maria Ignês, sua única filha, tida com Yolanda Ribeiro, chegara aos 12 anos, Seabra seduziu uma menina de 15 e levou-a para um fim de semana em Guarapari. Como balneário era inferior em fama a Cabo Frio, mas tinha a vantagem de ser distante. Lá chegaria incógnito e livre das maquinações de Aparecida, que jurara destruí-lo, embora Seabra, na opinião de todos, já estivesse suficientemente destruído.

Patrulhado pela ex-amante Aparecida, casado com Yolanda Ribeiro, cujo pai era deputado estadual em Niterói, Seabra passou a pescar discretamente as amantes, temendo um escândalo que ampliasse sua já escandalosa biografia, mas, sem muito sucesso, tudo o que fazia era espalhafatoso na forma e abominável no conteúdo.

Com a menina de 15 anos, menor de idade e afilhada de um detetive da Polícia Civil, o jeito foi levá-la para bem longe, daí que foi parar em Guarapari, onde nunca fora e até tinha raiva da cidade, que começava a atrair turistas que acreditavam na cura milagrosa de suas areias, tidas como monazíticas, cobiçadas por potências internacionais, serviam de combustível para bombas atômicas. Antes de explodirem como engenhos termonucleares, as areias curavam reumatismos, varizes, tendinites, manchas cutâneas e outros males circulatórios e do sistema vagossimpático.

Foi trama bem urdida por Aparecida Menezes, que decidiu vingar-se do ex-amante. Sabendo da mais recente prevaricação de Seabra, ela sugeriu que Yolanda e Maria Ignês, mulher e filha do mesmíssimo Seabra, fossem passar um fim de semana em Guarapari, para adquirir energias espirituais que ali seriam abundantes naquela data e naquele local.

Deu-se que Seabra, descontraído, sabendo-se longe da mulher e da filha, descuidou-se das cautelas devidas à situação, um homem feito, comendo, dormindo e, sobretudo, banhando-se nas águas medicinais de Guarapari com uma jovem de 15 anos – o que, antes de ser um caso moral, deveria ser caso de polícia.

Eis que, num dos intervalos da cama, da mesa e da praia, Seabra foi à recepção do hotel apanhar uma correspondência e deparou com a filha de 12 anos. Com uma amiga circunstancial, fora pedir a bolinha de pingue-pongue guardada na mesma recepção onde Seabra buscava a correspondência.

– Papai! O que o senhor está fazendo aqui?

Seabra abria naquele momento uma carta do 2º Ofício de Notas da Comarca de Cabo Frio, avisando-o que uma promissória vencida estava em protesto e solicitando pronto pagamento, ameaçando-o com o rigor das leis.

Olhou para a filha, sentiu-se perdido, logo suspeitou que ela ali estava em companhia da mãe. E que as duas tinham ido àquele hotel não por obra do acaso, que era sempre favorável a Seabra, mas em cumprimento de uma vingança de Aparecida Menezes, que voltara do mundo dos mortos para sacanear os vivos.

Encarou Maria Ignês com espanto, espanto que lhe deu oportunidade para pensar numa saída rápida e, se possível, honrosa.

– Filha? Que filha?

– Maria Ignês... sua filha....

– Filha? Deve estar enganada, menina. Eu não tenho filha nenhuma...

– Pai!

O olhar de Seabra ficou embaciado, voltou a examinar o ofício recebido da Comarca de Cabo Frio, lendo-o mais uma vez e mais uma vez tentando ganhar tempo para achar uma saída que o livrasse da filha. Perderia a memória, como perdera a vergonha em outras situações ao longo da vida. Iria até o fim.

A menina recebera a bolinha de pingue-pongue mas não se afastara da recepção. Um pouco distante, a colega esperava pela bolinha. Maria Ignês ficou indecisa, conhecia o pai, sentia-lhe o cheiro, conhecia-lhe as roupas e os modos, como poderia estar enganada?

– Que que está havendo, pai? Vou avisar a mamãe que o senhor chegou... ela está no quarto lá em cima, pensa que o senhor viajou a trabalho...vai ficar espantada ao saber que...

Seabra precisava tomar uma providência, antes que as providências se voltassem contra ele. Dirigiu-se ao funcionário que atendia à recepção:

– Está havendo um equívoco, a menina pensa que sou o pai dela... o senhor podia explicar que eu não sou pai de nenhuma filha...

O funcionário abriu a boca, pasmo, enfrentava uma emergência para a qual não se sentia preparado. Pensou em acionar o chefe imediato, que estava ao telefone, destrinchando a conta de um hóspede que reclamava dos extras debitados em seu nome.

– Seu gerente... desculpe... há um senhor aqui que...

O gerente fuzilou o recepcionista com um olhar profissional: que ele se virasse sozinho, era pago para isso. Seabra percebeu que a comunicação entre os dois não era lá essas coisas e voltou à carga.

– Que hotel é este em que um hóspede como eu, representante do povo, diplomado pela Justiça Eleitoral de seu país, sofra um constrangimento desses?

Maria Ignês jogou a bolinha de pingue-pongue para a colega e decidiu convencer Seabra de que era sua filha. Puxou do pescoço um cordãozinho de ouro, com uma medalhinha de Nossa Senhora das Graças, padroeira de Cabo Frio, onde havia no verso a inscrição: *Lembrança de seu pai.*

Mostrou-a a Seabra:

– Olha, pai, o senhor me deu quando fiz dez anos... não lembra?

Seabra não lembrava.

– Nossa Senhora das Graças? Eu sou protestante, menina, não tenho santos nem santas... Não vê que está enganada? Vá brincar com a sua amiga e me deixe em paz...

O gerente desligara o telefone e se aproximava do balcão para saber o que estava havendo. Seabra apelou para ele:

– Por favor, diga a esta menina que eu não sou o pai dela, sou o Seabra... de Cabo Frio... não tenho filhos...

Foi a vez de o gerente ficar assombrado.

– Seabra? Não há nenhum Seabra hospedado neste hotel... O senhor chegou anteontem... está aqui o registro...

Abriu um livro comprido, procurou a página relativa à antevéspera, correu com o dedo o nome dos hóspedes registrados..

– Está aqui... Antônio Ferreira de Araújo, empresário, morador em Cabo Frio, e sua filha, Patrícia Soares de Araújo, estudante, solteira, moradora no mesmo endereço...

– Papai!

Maria Ignês não sabia se gritava, se chorava ou se fazia as duas coisas ao mesmo tempo. Ou uma de cada vez. Impossível o que estava vivendo, conhecia o pai, todos sabiam que era filha do Seabra, embora fosse Antônio Ferreira de Araújo nos documentos oficiais. O gerente tinha razão mas o pai também a tinha, para todos os efeitos ele também era Seabra, e sendo Antônio Ferreira de Araújo ou simplesmente Seabra, era o pai dela.

Nem reparou que o gerente, este sim, ficara mais assustado do que ela. Então um hóspede que se registrara na antevéspera como Antônio Ferreira de Araújo, empresário, nascido e radicado em Cabo Frio etc. etc... e viera com sua filha que estava no quarto 301, agora se dizia Seabra... simples e apenasmente Seabra, e na recepção tinha outra filha ali presente, que ele não reconhecia...

Vendo as coisas pretas, Seabra tentou fazer o que sempre fazia em horas difíceis: engrossar e, após, tentar evadir-se.

– Exijo respeito, senhor gerente. Sou hóspede do hotel e quero ser tratado civilizadamente... considero-me insultado... fecha a minha conta, por favor... recuso-me a ficar num hotel que parece um...

Ia dizer "prostíbulo". Mas que diabo, sua filha ali se hospedara, não a filha postiça de 15 anos que estava no quarto 301, tomando Coca-Cola e vendo um filme de sacanagem na TV, mas sua filha legítima, a quem dera uma medalhinha de Nossa Senhora das Graças quando fizera 10 anos.

Concluiu com um gesto que abrangia o gerente, o rapaz da recepção, o hotel inteiro e o mundo:

– ... uma espelunca de última classe!

Fez o movimento de quem se afasta do balcão mas esbarrou num corpo colossal, do tamanho de um armário. Era o segurança do hotel, que acompanhava desde o início a confusão armada na recepção. Vinha em socorro do gerente e do próprio estabelecimento destratado por um hóspede suspeito.

O gerente tentou consertar as coisas:

– Um momento, seu Antônio Ferreira de Araújo...

– Seabra... – corrigiu o próprio.

– Seja Seabra ou não, vamos com calma, a menina é também hóspede do hotel, merece nosso respeito, chegou hoje pela manhã, diz que o senhor é pai dela... a mãe está no apartamento 207... vamos chamá-la para esclarecer o equívoco, acredito que a menina se enganou... sua filha verdadeira está no quarto 301, pediu agorinha mesmo no *room service* um cachorro-quente...

– Cachorro-quente? O senhor está maluco... quem está pedindo cachorro-quente?

– A sua filha... a que chegou anteontem com o senhor...

– Anteontem? Não tenho nenhuma filha nem lá em cima nem aqui embaixo... estou sendo vítima de uma conspiração...

O gerente olhou para o segurança, o segurança olhou para o gerente. Era um código particular de todos os hotéis do mundo. Tratava-se de um louco, ou de alguém que ficara louco subitamente. Precisavam ir com cuidado, a imagem do hotel não podia ser arranhada por ter hospedado um louco que aparecia com duas menores que podiam ser suas filhas... ou quem sabe... um traficante de escravas brancas... um tarado... melhor seria considerar Antônio Ferreira de Araújo, fosse ou não Seabra também ou alternadamente, um louco, ou quem sabe?, um homem que enlouquecera de repente.

Mesmo sem adivinhar o que o gerente estava pensando, Seabra resolveu radicalizar. Era um louco, ou melhor, simplesmente perdera a memória, coisa que pode acontecer a qualquer um, sendo Seabra ou não.

Aparecida Menezes, a ex-amante, morrera de cardiopatia, ia ser enterrada e ressuscitara trazendo a memória de outras vidas e de outros mundos. Por que ele não podia morrer também, de repente, e ressuscitar mais tarde... não, era ir longe demais, o mais prático seria perder a memória... lapso de memória... muita gente tem... era só continuar negando ser Antônio Ferreira de Araújo... e por extensão, negando ser Seabra, embora já se houvesse intitulado como tal.

– Vamos com calma, seu Seabra, vou pedir um copo d'água com açúcar... o senhor está nervoso...

– Quem está nervoso? Quem é o Seabra?

Ouviu-se um grito vindo de um dos elevadores que chegava ao térreo:

– Seabra!

Olharam para o elevador.

Yolanda Ribeiro descera para ver a filha jogar pingue-pongue com a colega.

Considerando-se perdido, Seabra também se considerou incompetente em matéria de fingir que não era o Seabra, nem Antônio Ferreira de Araújo, não era porra nenhuma, nem nada nem ninguém. Precisava ampliar a crise de amnésia e não sabia como. Pensou em desmaiar, rolar pelo chão, espumando como um epiléptico.

Não, podia complicar a situação que já estava complicadíssima. Insistiu na perda de memória:

– Quem é essa mulher?

– É mamãe... – respondeu Maria Ignês.

– Sua mãe? Que que eu tenho com sua mãe?

O segurança ainda segurava Seabra seguramente pelo braço, pediu respeito, exigiu respeito para com as hóspedes do hotel.

O telefone da recepção tocou. A moça do 301 desejava saber por que o cachorro-quente ainda não chegara, falou duro com o gerente, que inicialmente se desculpou, dizendo que o cachorro-quente já estava subindo, mas se lembrou que a moça do 301 era também filha do Seabra ou do diabo que fosse aquele louco.

– Desça aqui um instantinho, por favor – suplicou o gerente –, há um probleminha com o Seabra... quer dizer, com o seu pai... desça depressa, pelo amor de Deus...

Foi a vez de Seabra se desesperar e desanimar de bancar o desmemoriado. Começou a comer o aviso que lhe chegara do 2º Ofício de Notas da Comarca de Cabo Frio, perdera não apenas a memória mas a razão – era a primeira vez, aliás, que admitia isso, a perda da razão. Todos ficaram assustados, menos a mulher que o conhecia por dentro e por fora e sabia que Seabra era um farsante.

– Seabra, você pode tapear todo mundo, menos eu, que sou a sua mulher... eu o conheço bem...

Com a boca cheia de pedaços do ofício da Comarca de Cabo Frio, Seabra sentiu que o gerente não era mais o adversário preferencial. O inimigo agora era sua mulher. O gerente até que poderia tornar-se num aliado. Virou-se para ele:

– Senhor gerente, essa mulher não me é estranha...

E trocando propositadamente Yolanda Ribeiro, sua atual mulher, por Aparecida Menezes, sua ex-amante, decidiu complicar mais ainda a confusão:

– Essa mulher aí diz que morreu e depois ressuscitou... em Cabo Frio todos a conhecem, uma vigarista... estava no caixão e levantou-se...

Foi a vez do gerente se alarmar. O próprio segurança, diante da revelação, afrouxou a mão que apertava o braço do Seabra. A coisa tomava rumo inesperado, um louco e uma mulher que morrera e ressuscitara, tudo ao mesmo tempo, na tarde até então tranqüila de um sábado de sol em Guarapari.

Ampliando a confusão, a moça do 301 desceu no mesmo elevador que antes trouxera Yolanda.

– O que está havendo, Neném? (A moça chamava Seabra de Neném.)

Era demais. Demais para todos, principalmente para Seabra, que passara a acumular a condição de Neném. Maria Ignês quis saber quem era aquela moça, quem era Neném. A mulher de Seabra não precisou saber de nada, sentiu o clima, percebendo do que se tratava. O gerente e o segurança é que nada mais perceberam. Avaliando a situação, os prós e os contras – só havia contras –, Seabra tomou a decisão, a única que podia tomar. Não resolvia a questão, mas a adiava.

Caiu aos pés do segurança, uivando primeiramente, silenciando depois, exausto da repentina loucura.

ooo

Loucura igual, também repentina, naquele mesmo instante, na Comarca de Cabo Frio, Aparecida Menezes caiu ao chão, num ataque que alguns consideraram fingido, outros autêntico. Na dúvida entre a autenticidade e o fingimento, a polícia levou-a primeiramente ao ambulatório de emergência, onde nada foi constatado, sendo Aparecida Menezes liberada para averiguações na Delegacia Policial, onde constava uma queixa-crime por charlatanismo, prática ilegal de medicina e corrupção de menor, na pessoa de Maria de Lourdes Gonçalves de Araújo, também conhecida como Lulude, na zona do baixo meretrício.

Fora seduzida pelo ex-amante de Aparecida, um tal de Seabra, de quem ela, Lulude, seria prima distante, num lance complicado em que Aparecida convenceu-a a manter práticas libidinosas com vários fiéis de sua seita, inclusive com o gerente do rebanho, o então vereador Antônio Ferreira de Araújo (Seabra).

Cabo Frio e Guarapari não chegam a ser regiões tão distantes assim, mas pertencem ao litoral do Sudeste brasileiro, balneários da classe média, ambos famosos, embora por diferentes motivos. Cabo Frio ganhou fama quando a francesa Brigitte Bardot ali passou uma temporada com os peitos de fora. Guarapari não teve nenhum apelo de reprovável natureza. Pelo contrário: enquanto o balneário fluminense adquiria a fama de libertinagem e pecado, Guarapari tornara-se a salvação para quem sofria de reumatismo, doenças das pernas, das juntas, da pele, do sistema vagossimpático e de outras enfermidades. Todos acorriam em busca das areias que garantiam ser monazíticas, capazes de curas milagrosas. Revistas especializadas garantiam que ditas areias serviam de combustível para artefatos nucleares.

Próximas geograficamente, distintas moralmente, em Guarapari providenciava-se uma ambulância para transportar Antônio Ferreira de Araújo, vulgo Seabra, para um hospital psiquiátrico em Sepetiba.

Em Cabo Frio, providenciava-se um juiz que emitisse o mandado de prisão contra Aparecida Menezes, que dizia ter ressuscitado dos mortos, curava enfermos de diversas moléstias e procedências, ajudara o ex-amante, o mesmíssimo Seabra, a seduzir Lulude, que era então menor de idade e de maior evidência entre as adolescentes locais, sendo notável por ter ganho, num concurso em Araruama, o título de Melhor Bunda da Região dos Lagos.

A coincidência de dois eventos envolvendo Seabra deu-lhe notoriedade além da Comarca de Cabo Frio e do balneário de

Guarapari. Recolhido a uma instituição destinada a tratar portadores de demência permanente ou provisória, teve seu mandato de vereador cassado pelos seus pares, que o acusaram de falta de decoro.

Foi então que, curado da demência que não tinha, ele decidiu afundar politicamente mas atirando com todos os canhões de que dispunha, que eram muitos mas pouco eficazes.

Deu entrevistas aos jornais de Niterói e de Campos, convidando o povo, a Igreja e as autoridades civis e militares a investigarem os estranhos acontecimentos que, de certo tempo em diante, faziam de Cabo Frio uma Gomorra tão cheia de salinas que não apenas uma, mas todas as mulheres da cidade deveriam ser transformadas em estátuas de sal, não porque, "como a mulher de Lot, olhara trás, mas faziam outra coisa atrás". E sal era abundante em Cabo Frio.

A sutileza de Seabra não foi entendida pelos leitores de Niterói e de Campos, mas chamou a atenção do editor de um jornal alternativo do Rio de Janeiro, que colocou à sua disposição uma coluna semanal onde poderia contar os podres confirmados ou suspeitados de Cabo Frio, Arraial do Cabo, Búzios, São Pedro da Aldeia, as duas Iguabas, a Grande e a Pequena, Araruama, Saquarema, Maricá – toda a Região dos Lagos.

Ex-amante de uma mulher que ressuscitara do mundo dos mortos, controvertido vereador de mandato igualmente controvertido, desmemoriado num lance que arruinou a imagem do melhor hotel de Guarapari, Seabra iniciou vida e trajetória novas como jornalista, atacando autoridades civis, eclesiásticas e militares, onde as houvesse, tomado de um fervor moralista e patriótico que ninguém até então suspeitava num sujeito que todos conheciam como Seabra mas que sabidamente não era Seabra.

Foi acidentada a sua carreira de jornalista, como acidentada fora sua carreira de vereador. Falsificou o diploma da Faculdade de

Comunicação de Petrópolis, sendo denunciado pela ex-amante Aparecida Menezes, que mais uma vez decidira vingar-se. No episódio de Guarapari, arruinara-lhe o fim de semana, avisando a Yolanda Ribeiro, sua mulher agora legítima e atual, que ele estava no melhor hotel de Guarapari, com moça de menor idade que seduzira prometendo-lhe emprego na Companhia Nacional de Álcalis, a única gigante industrial de Arraial do Cabo, que na época ainda não era município autônomo mas distrito de Cabo Frio.

Flagrado pela filha Maria Ignês e posteriormente por sua própria mulher, apelou para a perda de memória que o salvou do processo de sedução mas não do descrédito que lhe custou o mandato de vereador.

Dando a volta por cima, uma arte que ele cultivava com sucesso desde que decidira viver de expedientes, e tendo obtido inicial prestígio no jornalismo do interior do estado do Rio, Seabra foi novamente atingido pela vingança de Aparecida, que o delatou ao Ministério do Trabalho: sem diploma legal para exercer a profissão, Seabra não poderia escrever em jornais alternativos ou não, a menos que apresentasse uma prova de que exercera o jornalismo antes do decreto que criara a obrigatoriedade do diploma.

Não se sabe como, ele apareceu com uma carteira da Ordem dos Velhos Jornalistas do Rio de Janeiro, expedida em novembro de 1959, quando Seabra nem chegava a ser jornalista nem velho, tinha pouco mais de 10 anos de idade. A carteira seria posta em dúvida mas estava assinada por Austregésilo de Athayde, que além de ser membro da diretoria da Ordem dos Velhos Jornalistas era presidente da Academia Brasileira de Letras e fora um dos redatores da Declaração Universal dos Direitos Humanos.

Como e quando Seabra arranjou carteira com tão notável assinatura foi um fato espantoso, só menor do que a ressurreição de sua ex-amante, acontecimento que na realidade dera início a tudo, tornando-o sócio do formidável milagre que abalara a Comarca de Cabo Frio e adjacências.

Mesmo nas hostes adversárias, que não acreditavam no milagre, havia receio de se mexer com um homem que dormia com uma defunta que ressurgira do mundo dos mortos. Em coisas transcendentais, nunca se sabe, a prudência aconselha respeito e a dúvida impõe cautela.

Tentando dar uma ordem na desordem de tais e tantos fatos desatinados, criou-se um relativo consenso sobre o início das embrulhadas em que Seabra se meteria pela vida afora. Mesmo invertendo-se as parcelas, o produto final seria o mesmo.

o o o

O caso da morte e ressurreição de Aparecida Menezes foi não apenas o começo de tudo mas o fim de uma era em Cabo Frio, vila de pescadores cuja fundação é atribuída a Américo Vespúcio, no período entre 1503 e 1504, pouco depois do achamento ou descobrimento do Brasil.

O navegador florentino teria aportado e fundado o que seria a primeira feitoria das Américas. Mas nem por isso Cabo Frio ficaria famosa. Famosa ficou por suas salinas, seus moinhos de vento, pelas águas azuladas de suas praias.

Mais tarde sim, pelas façanhas de Seabra e sua companheira Aparecida Menezes, a que ressurgira do mortos. Mas antes de morrer e ressuscitar, Aparecida Menezes teve, como todo mundo que morre e nem todos ressuscitam, um passado que não faria prever um futuro – futuro administrado durante algum tempo por Seabra, que nunca teve um passado consensual nem teria futuro previsível, bastando-lhe o presente – se é que tudo o que lhe acontecia, e ele próprio fazia acontecer, merecesse o nome e a condição de presente: ou se referia a um passado duvidoso ou a um futuro improvável.

Aparecida também tinha, pelo menos, um passado, menos duvidoso do que o de Seabra. Mas tinha sobre o amante, empresário e inimigo a vantagem de um futuro assombroso.

III

O Caboclo Ventania

— Esta menina é uma marafona!

Aparecida não fizera nada. Olhou o tio com espanto, mais espanto do que culpa. Aquela voz grave, solene, se Deus tivesse uma voz, teria a voz de Augusto, majestosa, vinda das entranhas do universo, ecoava no céu e na terra, enchia vales e fazia tremer montanhas, "esta menina é uma marafona!" – o que seria isso, uma ameaça, uma profecia, uma constatação?

A menina não disse nada, aceitava a sentença, embora não tivesse qualquer idéia a respeito dela. Fosse o que fosse, seu destino estava marcado: marafona.

Dado o veredicto, o tio não mais se preocupou com ela. Voltou para o quarto de onde saía raras vezes, sempre que alguma alteração nas leis do mundo ou da casa sofriam abalo. E a menina rompera de algum modo o equilíbrio universal, provocara um abalo, a ponto de fazer o tio sair do quarto e proclamar aquela verdade absoluta, "esta menina é uma marafona!".

Livre da presença do tio, voltou ao quintal, onde Manuel Firme a esperava com a cachorra que ela havia encontrado na rua e trouxera para casa. Uma cachorra mansa, maltratada, que se deixou levar pela menina até que viu Manuel Firme e se assustou, começou a latir. O último negro, com quem a cachorra esbarrara, dias antes, e para ele latira com alguma ferocidade, dera-lhe um chute. Manuel Firme era negro mas não agredira a cachorra, pelo contrário, tentara afagar-lhe o focinho, mesmo assim ela começou a latir e acordou o dono da casa que dormia a tarde inteira (só ficava acordado à noite).

Irritado, Augusto Menezes veio ver o que estava acontecendo e quando viu, desabafara naquela condenação, "esta menina é uma marafona!".

Apesar de estar segurando uma cachorra, e não um bode, Manuel Firme perguntou:

– Deu bode?

Se a menina temia o tio, Manuel Firme nem tinha condições para o temer. Seria pouco: tinha-lhe pavor. Para o filho da empregada, Augusto Menezes era um extraterrestre que surgia das nuvens em seu pijama azulado, única roupa que o velho usava, com exceção do terno branco que vestia aos domingos, para nada mesmo, só porque era domingo.

O velho nunca falara diretamente com Manuel Firme. Falava-lhe como se Manuel Firme fosse uma parede. Não esperava que a parede o obedecesse, mas tinha a certeza que a parede o obedeceria. Augusto habituara-se à mãe do garoto, filha de uma ex-escrava. E embora o nome verdadeiro da empregada fosse Dalva, o velho só a chamava de Pompéia, nome que lhe parecia apropriado para uma serva que o acompanhava desde que enviuvara, fazia alguns anos.

Ele precisava de alguém que tomasse conta da casa, providenciasse refeições, roupa lavada e passada, cuidasse da limpeza geral, da qual não abria mão, ficava possesso diante de qualquer coisa que não estivesse suficientemente limpa e cultivava um pavor inexplicável de aranhas, dizia não temer um leão enraivecido, uma hiena faminta, uma cobra insidiosa, e embora nunca tivesse se deparado com um leão colérico, uma hiena esfaimada ou uma cobra com más intenções, borrava-se todo quando via uma teia, ainda que uma simples teia, sem aranha visível.

Augusto ficava vermelho, apoplético, afásico, paralisado pelo horror de saber que podia haver uma aranha em suas proximidades.

Além de uma pessoa que lhe garantisse a impossibilidade de jamais se defrontar com uma aranha, ele necessitava de alguém que o ajudasse a criar a sobrinha que herdara do irmão Torquato, que cumpria pena no presídio Lemos de Brito por complicações alfandegárias, numa época em que no Brasil tudo era importado e tudo era proibido importar.

Envolvido num contrabando de uísque, Torquato Menezes serviu de vítima imolada para uma quadrilha internacional, não conseguiu explicar-se e, também viúvo, deixou a filha única aos cuidados do irmão mais velho.

Dalva Firme, que como a mãe era chamada de Pompéia pelo dono, tinha um filho, Manuel, também Firme. Se o primeiro nome de Dalva fora trocado aleatoriamente pelo patrão, o Firme de família foi respeitado, embora Augusto nunca entendesse como uma dinastia de escravos tivesse um nome desses. Firme por quê?

O garoto tinha a mesma idade de Aparecida, de nada lhe servia além de fazer aquilo que ele, Augusto Menezes, não podia nem desejava fazer: companhia à sobrinha, liberando-se para outras coisas que ele também não fazia.

– Você sabe o que é marafona? – perguntou a menina.

Manuel Firme não sabia. Para falar a verdade, nunca ouvira a palavra. Quando não gostavam dele, o chamavam de moleque, vagabundo, filho-da-puta.

Marafona devia ser coisa de brancos, de um mundo desconhecido e remoto, ao qual dificilmente teria acesso.

– Bem... e o que faremos com a cachorra? A idéia foi sua...

Aparecida olhou o amigo. Sim, tinha um amigo, Manuel Firme valia pelo mundo inteiro, até mesmo a diferença da cor completava a menina, que era branquela, de um branco suave que chegava a parecer amarelo, dando-lhe aparência adoentada.

A cadela também parecia doente: Manuel Firme descobriu um caroço no focinho do animal.

Sendo firme de nome, afirmou firmemente:

– Lepra! Ela está leprosa!

A certeza de Manuel Firme era equivalente à do tio Augusto proclamando que a menina era marafona! Com o necessário ponto de exclamação, embora tivessem apenas falado e não escrito a palavra. Mas em momentos-limite como aquele, tanto tio Augusto como Manuel Firme tendiam à solenidade, um como senhor, outro como servo.

A menina decidiu:

– Vamos botá-la na rua... ela veio de lá... volta para lá...

– E a nossa consciência?

Manuel Firme não tinha consciência do que era consciência mas sempre ouvira falar dela. Neto de escrava (a avó materna fora escrava do pai de Augusto Menezes), dispunha de meia dúzia de palavras-chave que reservava para momentos especiais. "Consciência" não somente era uma delas mas das mais importantes.

Aparecida pensou rápido. O tio declarara que ela era marafona. Manuel Firme descobrira que a cachorra estava com lepra. Além do mais, invocara a consciência, a própria e a alheia.

– Será que ela tem nome? – perguntou a menina para quem Manuel Firme era mais do que um companheiro, mas um oráculo porque sabia e podia fazer mais coisas do que ela.

– Tendo nome ou não tendo, dá na mesma. Seu tio não vai querer uma cachorra aqui.

A menina olhou a cachorra, a cachorra olhou para ela.

– Que tal Marafona?

– Marafona? Pode ser coisa ruim ou boa... não, cachorra tem nome diferente, Nero... Rex... Sultão...

– São nomes de cachorro... ela é cachorra...

– Na rua Isolina tem uma cachorra que se chama Aquidabã, sempre implica comigo quando passo por lá...

– Gosto de Marafona. Deve ser nome de mulher...

– Prefiro coisa mais simples... Trovoada...

A garota tinha medo de trovoadas, era a única ocasião em que procurava ficar perto do tio, temia tempestades, raios, vento forte. Embora temesse também o tio, preferia o tio a qualquer trovoada.

Tentou negociar:

– Tá bem. Fica sendo Marafona.

Manuel Firme aceitou. Fosse o que fosse, a cachorra seria Marafona. Mais tarde saberiam do que se tratava.

Leprosa ou não, Marafona morreu dias depois, atropelada pelo caminhão da Limpeza Urbana que recolhia o lixo das casas. Não chegou a ser chorada nem pela menina nem por Manuel Firme, primeiro porque não houve tempo para a afeição, depois porque os lixeiros levaram o corpo esmigalhado, jogando-o na caçamba onde já havia um cachorro que fora abandonado, agonizante, na calçada. E antes que se transformasse num lixo definitivo, fora recolhido antecipadamente. O prefeito lançara uma campanha para que todos mantivessem limpa a cidade. Cachorro morto na rua era sujeira.

o o o

Sujeira também foi tio Augusto mandar Manuel Firme embora para aprender o que era a vida. Ninguém lhe pedira para explicar a decisão de se livrar do agregado, mas ele a si mesmo se explicava, e acreditava que o suficiente. O neto da escrava Pompéia nada fizera de reprovável, mas logo após a morte da cachorra o velho acordou mal-humorado, olhou a sobrinha que tentava soltar pipa com a ajuda do companheiro.

Havia um ventinho no quintal e Manuel Firme tinha habilidades inúteis, como a de soltar pipas e caçar passarinhos. Augusto Menezes desconfiava que Manuel Firme comia os passarinhos que apanhava. Talvez ensinasse a sobrinha a fazer o mesmo.

E quem sabe? A menina começava a criar formas, os dois viviam o dia todo pelo quintal, havia uma touceira de bambu lá para os fundos, o que poderiam fazer quando nada tinham a fazer?

E Manuel Firme começava a ficar encorpado, mais dia menos dia tentaria se esfregar na menina, Augusto Menezes lera em Gilberto Freyre que os negros são dotados de furor fálico e iniciam-se mais cedo, o jeito era mandá-lo embora, não admitiria bandalheiras em seus domínios. Bandalheira era também sujeira.

Sozinha, sem a cachorra e sem Manuel Firme, a garota descobriu que odiava o tio. E mais o odiou no dia em que, anos mais tarde, foi chamada novamente de marafona. Não pelo tio, mas pela professora que a surpreendera deixando que Olavinho Coelho passasse a mão nas coxas dela.

O menino era filho do Dr. Coelho, o célebre Doutor Aristão Coelho, médico homeopata que também curava pelo espiritismo e tinha fama de saber pelos mortos o que os vivos faziam e do que precisavam.

Fora o próprio Dr. Coelho quem alertara a professora contra a menina, que já pedira a Olavinho para passar a mão no lugar em que mais tarde lhe nasceriam os seios. Depois, pediu para que passasse a mão mais embaixo, o menino era tímido, começara pelas coxas, mas a menina pedia que ele subisse um pouco.

Não se sabe se avisado pelos mortos ou se Olavinho perguntara ao pai por que as meninas eram diferentes dos meninos, Aristão

Coelho queixou-se à professora. Era preciso vigiar as crianças, sobretudo as meninas, que são mais assanhadas do que os meninos. Assim nasciam as futuras marafonas.

Aparecida Menezes tornou-se duas vezes marafona, chamada primeiramente pelo tio, depois pela professora, resultando disso tudo ser Marafona Dupla.

Que se tornaria Marafona Tripla e, de forma irreparável, por ocasião do velório de Augusto Menezes, que morreu de repente, num Domingo de Ramos, com o terno branco que usava aos domingos, e sem testamento, daí que a garota ficou herdeira da casa, que nada valia, pois estava em escombros. E de alguns livros empoeirados e pouco lidos, com exceção de alguns romances de Michel Zevaco, que o tio comprara aos fascículos e mandara encadernar.

Um dos volumes era de especial agrado de Augusto Menezes, lido repetidas vezes, tinha o título de *Fausta vencida*. (Durante anos, Aparecida acharia mágico aquele nome, *Fausta*, se pudesse, seria Fausta Menezes, e não Aparecida Menezes.)

No velório de Augusto Menezes, com a sala coberta por panos pretos e com quatro enormes castiçais que faziam mais fumaça do que luz, os amigos e conhecidos do falecido ficaram pasmos, e depois indignados. Vinda de um dos quartos da casa, ouviram a voz esganiçada de um velho cantando:

Ê!
Cadê Vira-mundo, ô Pemba!
Lá no terreiro, ô Pemba!
Com seu tambor, ô Pemba!
Veado no mato é caçador,
Cadê Caboclo Ventania?
Cadê meu mano protetor,
Este caboclo é da folia...

Dirigiram-se ao quarto, que era o da menina Aparecida. E viram. Viram a menina de saia levantada, dançando ao compasso do ponto de macumba, ao lado de um negro velho e desdentado, de carapinha branca, que entoava um ponto aprendido nas antigas senzalas do estado do Rio. Em pé, tocando um tambor, responsável pelo canto do velho e pela dança da menina, Manuel Firme tinha a cara e o modo de quem fazia uma boa ação.

A explicação foi dada pelo próprio Manuel Firme, que firmemente afirmou:

– Soube da morte do velho... ele não gostava de mim... mandou-me embora... fiquei sem casa e sem pão... mas eu gostava da menina... imaginei que ela ficara triste e trouxe um entendido para consolar... ele sabe dizer essas coisas dos espíritos... é pai-de-santo em Olaria...

Manuel Firme achava que nada melhor do que um pai-de-santo para dar consolo aos vivos e descanso aos mortos.

Mal ouviram as firmes palavras de Manuel Firme. Todos olhavam a menina. De saia levantada, ela mostrava as coxas que tomavam forma de coxas, a calcinha transparente anunciando a primeira sombra da adolescência.

Aparecida olhou sem espanto a turba indignada, conhecia apenas um dos homens ali presentes, um tal de Diogo, que volta e meia visitava o tio, discutiam política, teosofia e taxas de câmbio.

Sem querer, ela deu a explicação:

– O tio não gostava dessas coisas, mas eu gosto...

Manuel Firme acrescentou por contra própria:

– Mal não pode fazer!

O pai-de-santo interrompera a cantoria, mas vendo que nada de grave lhe acontecera, voltou a cantar:

Ê!
Cadê Vira-mundo, ô Pemba!
Lá no terreiro, ô Pemba!

Na qualidade de amigo mais chegado do falecido, Diogo apontou para as pernas da garota, fez cara desolada e proclamou:

– Esta menina é uma marafona!

o o o

Marafona uma, duas ou três vezes, a menina ainda não sabia o que era marafona. Com a morte do tio, e antes que um Juiz de Menores lhe desse um destino legal, ela teve o direito de mexer em tudo o que era dele, entrar em territórios até então proibidos, como o escritório de Augusto Menezes, sempre trancado, volta e meia o velho ali se retirava e ficava horas, lendo ou relendo os romances de Michel Zevaco, que eram muitos, sendo o já citado *Fausta vencida* o mais apreciado. O volume estava em frangalhos, de suas entranhas saía um cheiro de ruína, um bafo de túmulo.

Ao lado do *Fausta vencida*, cuja lombada de couro estraçalhada se destacava como um fruto podre, havia um livro grosso, dava a impressão de ter sido pouco usado. Há tempos, no colégio, a professora mandara os alunos consultarem um dicionário, ela não tinha nenhum, perguntou ao tio se havia algum no escritório, com a má vontade habitual, Augusto Menezes disse que tinha, mas que não era um dicionário "para crianças".

Pois ali estava o dicionário que não era para crianças. Parecia inofensivo em sua encadernação luxuosa. Foi a primeira posse no legado do tio: apanhou o dicionário, tomando cuidado para não desmanchar definitivamente o *Fausta vencida* que estava ao lado. Sentiu-se poderosa e procurou, sem jeito e prática, a palavra "marafona".

Custou a encontrar, as letras eram miudinhas, leu o verbete inteiro, que era curto e confuso. Para não esquecer, decidiu copiá-lo:

Marafona – *(m.q) boneca sem rosto, constituída de uma cruz de madeira recoberta de pano. 2 – Meretriz, etimologia de origem duvidosa, proveniente do árabe, mar'a haina, "mulher enganadora", donde também marafaia; comparável a magana, sinônimos e variantes ver sinonímia de meretriz.*

Aparecida nada entendeu. Item por item, ela se analisou, procurando encaixar-se numa das definições. Em primeira (e última) instância, desconfiava vagamente o que era "meretriz". Talvez fosse a mesma coisa que "puta", Olavinho, que lhe apalpara os seios ainda inexistentes, espalhara que ela era uma puta, que tomava nas coxas.

Na realidade, ela nunca tomara nas coxas, apesar das duas ou três vezes em que Manuel Firme tentara a façanha, mais "por brincadeira" – segundo dizia –, nas tardes vazias que passavam no quintal de Augusto Menezes.

Recolher uma cachorra doente da rua, dançar um ponto de macumba durante o velório do tio, era ser marafona? Ela seria um monstro ou os outros é que não sabiam de nada?

o o o

Nos anos seguintes, Aparecida desconfiou que podia ser um monstro mas adquiriu a certeza de que os outros realmente nunca sabem de nada. E quando sabem, sabem errado.

Aos 22 anos era uma jovem mais bonita que feia, embora fosse às vezes bonita e, em outras, feia. Mas todos concordavam que ela valia a pena, tanto valia que um coletor federal de impostos, com 62 anos, dizendo para os amigos que perdera a cabeça, por ela se apaixonou, deixou mulher e prole em Madureira, fugiu com Aparecida para Cabo Frio, que, como já foi dito, vivia deserta, com péssima estrada de acesso e péssima água, que faltava todas as manhãs e freqüentemente às tardes também.

Tudo correria bem para o coletor federal e para ela se a polícia, igualmente federal, não se metesse. Houve um rombo na receita e na despesa de várias repartições ligadas ao Ministério da Fazenda e Aparecida amanheceu um dia sem o coletor, que lhe deixara um aviso que era igualmente um conselho: "Vire-se."

Aparecida virou-se. Tanto se virou que acabou dando e recebendo passes numa tenda espírita em São Cristóvão, bairro próximo do centro de Cabo Frio, onde teve sucesso inicial mas estacionou e até regrediu com a chegada de um médium poderoso que tinha fama de ter ressuscitado um defunto em Cantagalo, terra de Euclides da Cunha.

Recebendo o espírito do autor de *Os sertões*, o médium especializara-se em feitos espetaculares e embora nunca tivesse ressuscitado defunto algum, tinha e aproveitava a fama de façanhas tais. Bem verdade que em Cabo Frio, Arraial do Cabo, Búzios, as duas Iguabas, a Grande e a Pequena, Araruama, Saquarema e Rio das Ostras, lugares por onde andara, nunca fizera proeza igual, nem mesmo tentara.

Mas todos acreditavam que ele era capaz de tudo, menos de acertar na Loteria Federal, era contrário aos jogos de azar. Com a chegada dele, Aparecida, que tinha poucos clientes, perdeu quase todos, pois se limitava a receber o Caboclo Ventania, que estava longe da luminosidade de Euclides da Cunha, que em vida tentara matar o amante de sua mulher e fora morto por ele.

Por acaso ou propósito, o Caboclo Ventania poderia ser o mesmo invocado pelo pai-de-santo que cantara o ponto de macumba durante o velório de Augusto Menezes. Fosse ou não fosse o mesmo, jamais se igualaria a Euclides da Cunha, cujo espírito devia ser, como o sertanejo que ele descreveu em seu livro, antes de tudo um forte.

Por complicada teoria que Aparecida nunca entendeu, o médium rival dizia que o espírito do escritor era capaz de tudo por ter sido traído pela mulher e ter sido morto pelo amante dela. Além da perda de tempo, seria burrice insistir num duelo entre o Caboclo Ventania e Euclides da Cunha.

Ventania nada fizera de notável em vida. Nem mesmo depois de morto e transformado em espírito. Por intermédio de Aparecida, limitava-se a embaralhar o caminho dos desafetos daqueles que a procuravam. Em caso de adultério, que era o forte de Ventania, levava vantagem sobre o espírito de Euclides da Cunha, evitava soluções cruentas, tornando impotentes os amantes e dando gonorréia nas amantes.

Aparecida resolveu enfrentá-lo, mas não sabia como. Naquele tempo – como nos Evangelhos – havia em Itaboraí, que não é distante de Cabo Frio, a mais eficiente macumbeira do estado do Rio, conhecida como Mãe-de-Todas, ex-prostituta que antes usava o codinome de Mãe-de-Fodas. Ela atendia a casos desesperados, receitava mandingas igualmente desesperadas, embora as mandingas, em geral, sejam desesperadas por definição e necessidade.

Aparecida arranjou carona num caminhão que levava sal para Niterói e foi se aconselhar com Mãe-de-Todas, levando como pagamento o que ela mais gostava: meio quilo de maconha de excelente procedência, obtida no pequeno porto salineiro de Arraial do Cabo.

Mãe-de-Todas não pediu explicações nem Maria Aparecida as deu. Chegou, entregou o meio quilo de maconha e obedeceu:

– Dispa-se!

Aparecida despiu-se. A velha levou a cliente para um quarto anexo ao barracão em que morava. No centro, havia uma tina, que na realidade era a metade de um barril de chope da Brahma. De uma prateleira, ela apanhou ervas ressequidas que fediam a enxofre, colocou-as na tina. De várias chaleiras que fumegavam num braseiro, ela despejou a água fervendo em cima das ervas, enchendo um terço da tina. Mandou que Aparecida entrasse, que suportasse a água quente até o limite de suas carnes que estavam frias de pavor.

Depois, apanhou uma cuia, que tal como a tina era sobra de um objeto anterior, no caso, a metade de uma lata de queijo-do-reino, marca Dr. Jong. E com ele começou a banhar Aparecida, que reclamou, mas logo se habituou à temperatura da água que a queimava da cabeça aos pés.

A velha pronunciou palavras estranhas, das quais Maria Aparecida só entendia a expressão "*Dominus vobiscum*", que ela conhecia das poucas missas que freqüentava, sempre em caráter profissional. Aprendera que misturar religiões era eficiente, a maioria dos clientes – no tempo em que os tinha – se diziam católicos, apostólicos e romanos, embora nenhum deles soubesse exatamente o que era isso, nem ela mesmo.

Findo o banho, Aparecida reparou que a água ficara mais escura, mais repugnante, mais fedida a enxofre.

– Beba! – ordenou Mãe-de-Todas.

Ofereceu a cuia de queijo Dr. Jong para que ela bebesse. Aparecida custou a obedecer, a velha garantiu que a água ficara naquele estado porque absorvera o mal que havia no corpo e na alma dela. A peçonha estava toda ali, concentrada. Purificada pelo ar de fora, o mal se transformava em bem e ela podia recuperar um corpo sadio e uma alma redimida.

Avisou:

– Volte correndo para casa. Durante 12 horas, 12 horas e meia no máximo, você terá um sono profundo, que parecerá a morte. Amanhã, ali pelo meio-dia, você despertará e saberá o que deve fazer. Mais não digo nem preciso.

Aparecida obedeceu. Arranjou carona de volta a Cabo Frio, chegou em casa, deitou-se e esperou pelos acontecimentos.

No dia seguinte, exatamente ao meio-dia como previra Mãe-de-Todas, ela despertou. Só que não estava na cama, mas dentro de um caixão, com quatro velas acesas em torno, flores roxas – que por serem roxas eram chamadas de "monsenhores" – cobrindo-lhe o corpo vestido de branco. Estranhou aquilo tudo, as velas, os monsenhores, o caixão, que também era branco. Contrariando todas as evidências, pensavam que ela era virgem.

Lembrava-se de que, ao dormir, estava com uma calça de veludo cotelê, cor de vinho, dada por uma cliente que viera de Ipanema consultar-se com ela. Quem a desnudara e a vestira com o vestido branco e ordinário que parecia roupa de anjinho de procissão?

Houve inicialmente horror, depois pasmo, por fim devoção, mais ou menos nesta ordem. A confusão foi geral, gente correndo, gritando, finalmente quietada, diante da realidade: Aparecida ressurgira dos mortos.

A primeira coisa de que ela se lembrou foi o aviso de Mãe-de-Todas, "Você saberá o que fazer". E Aparecida fez. Aproveitando o clima do velório, abriu os braços como um padre nas missas antigas e disse:

– *Dominus vobiscum.*

Mais não precisava fazer.

– Milagre! Milagre! – começaram a gritar.

IV

A melhor bunda das adjacências

Foi no dia em que, pouco depois do extraordinário feito da ressurreição, Seabra e Aparecida tomaram porre numa das barraquinhas pioneiras da praia do Peró. A tarde caía, o sol ainda ardia na areia, eles estavam bêbados e felizes. Aparecida não era desprovida de boas carnes, o breve período em que estivera morta não lhe prejudicara a consistência e as formas. Por sua vez, além de apreciar mulheres fornidas, Seabra era tido e havido como capaz de traçar uma defunta, fosse recente ou antiga.

Naquele tempo – mais uma vez como nos Evangelhos –, depois de certa hora, a praia do Peró ficava deserta, e os dois, estendidos numa toalha com coqueiros estampados, estavam quase a dormir, quando por eles passou uma jovem que parecia desgarrada.

Oferecia camarões torrados, já frios e embanharados, sinal de que não conseguira vendê-los naquele dia.

Seabra não reparou nos camarões mas na bunda da jovem, que era proeminente e dura, e logo a desejou para si. Aparecida caíra em sono pesado, um sono que, se não era permanente como a morte que a arrebatara da comunhão dos vivos, era profundo o bastante para que nem Seabra nem cinqüenta Seabras a acordassem. Mas afinal acordou, mesmo sem ter Seabra feito qualquer coisa que a despertasse. Tomou conhecimento então do que se passara.

O dia fora mesmo ruim para a moça. Com o bom coração que possuía, Seabra decidira comprar todos os seus camarões, identificara-se como vereador e ao saber que a moça se chamava Maria de Lourdes Gonçalves de Araújo, lançou uma dúvida que traria conseqüências, tanto para Seabra como para a moça e para a ressuscitada Aparecida.

– Você é Araújo? Eu também sou Araújo, embora mais conhecido como Seabra, o vereador Seabra...

A menina recuou com o tabuleiro, deixando-o cair na areia.

– Vereador Seabra! O senhor é o vereador Seabra?

Modesta, mas firmemente, Seabra confirmou.

Era ele.

Deu-se então a história que sempre foi mal contada, tanto por parte de Seabra como pela parte de Lulude, sendo que a terceira parte, que seria a versão de Aparecida Menezes, nunca mereceu crédito, apesar ou por causa de se tratar de uma mulher que, entre outras coisas, ressurgira dos mortos.

Para efeito da crônica local, Lulude teria se declarado sobrinha postiça de Seabra, uma vez que seu padrasto juntara-se com a mãe dela, apesar de o pai, irmão de Seabra, estar vivo e bem vivo, pois aceitou o amante da mulher e obrigou a filha a chamá-lo de pai. A partir daí foi considerado não mais o marido complacente mas o amante bem-sucedido da própria mulher e, em decorrência, e para todos os efeitos, padrasto da filha da qual era o pai verdadeiro. Caso bastante confuso que fatos posteriores tornariam mais confuso. Além de confusamente existirem casos equivalentes em todas as partes do estado do Rio, em outros estados e em todo o mundo.

Tudo se passara em Maricá, onde chegara a fama de um certo vereador da Comarca de Cabo Frio que diziam ser poderoso e influente. Razão pela qual mandaram Lulude para Cabo Frio, com uma carta de apresentação ao "Excelentíssimo Senhor Vereador Seabra, Digníssimo Edil da Comarca de Cabo Frio – Em mãos".

O problema foi exatamente este "Em mãos".

Durante semanas, Lulude perambulou pela cidade e pelos arredores tentando entregar em mãos a apresentação de seu suposto pai, irmão legítimo do Seabra. Que nunca era encontrado e quando o era não podia atendê-la. Seabra tinha, na ocasião, uma espécie de assessor que lhe fazia as vezes de secretário, motorista, capanga e cobrador de serviços especiais junto aos donos da banca de bicho da Região dos Lagos.

Foi este assessor o responsável pela descoberta: Lulude era feia, maltratada, mas tinha uma bunda que merecia "ser adorada de joelhos" – opinião que foi compartilhada por todos os que a conheciam. Um deles, que se passava por armênio mas era cipriota, chamado Makarios – como o arcebispo homônimo e de quem se dizia sobrinho –, tomou providências para ficar com ela.

Homem de formação mediterrânea, Makarios gostava de peixe, temperos e de bunda, daí que praticamente raptou Lulude para si, mantendo-a alguns meses em cárcere privado. Atribuía-se a ele complicada rede de contrabando no pequeno e suspeitíssimo porto de Arraial do Cabo, onde faziam escalas os navios que traziam sal para a Companhia Nacional de Álcalis. As salinas artesanais da região entravam em decadência, não eram suficientes para abastecer as goelas da grande estatal.

Além de contrabandear aparelhos eletrônicos e derivados, Makarios recebia excelente cota de maconha vinda do Ceará, tida naquele tempo como a melhor do mercado. Tendo Lulude para si, principalmente à noite, durante o dia, enquanto se entregava ao contrabando, Makarios obrigava-a a visitar consumidores de maconha, pobres-diabos que não mereciam constar da lista graúda dos clientes preferenciais.

Lulude aceitou a missão de risco, era a única saída para livrar-se do cárcere privado em que seu protetor a metera. Após semanas em que batera Arraial do Cabo entregando a mercadoria de casa em casa, ela aceitou a oferta de uma senhora gorda, vagamente pernambucana, que vendia camarões, empadas e pastéis na praia do Peró, local relativamente distante de Arraial do Cabo.

E logo no segundo dia do novo ofício, deparava-se com Seabra, o poderoso vereador Seabra, a quem fora recomendada pelo pai que acumulava as funções de padrasto.

Fazendo justiça ao bom coração de Aparecida Menezes, ela topou ficar com a moça. Deu-se mal. Ela conseguira a proeza de ressuscitar dos mortos, de criar uma seita que se transformou em religião mais ou menos oficial da região. Dois meses após, Seabra fugiu com Lulude, abandonando a mulher que a esta altura era apenas amante, enquanto, em transe espiritual, ela receitava misteriosas ervas para um senador que fora a Cabo Frio em busca de um alívio para suas dores na coluna bombardeada por bicos-de-papagaio e por anos de curvatura da espinha diante de governadores que se sucediam no Rio de Janeiro.

Inicialmente, Seabra pensou em se radicar com Lulude em Rio das Ostras, passou uns tempos em Itaperuna, tendo nesta cidade criado um caso com a Justiça Eleitoral: vereador em Cabo Frio, não podia manter domicílio em outra cidade.

Além do mais, ele sabia que precisava voltar à comarca de origem, e desde que voltasse sem Lulude, apascentaria as cóleras de Aparecida. Donde surgiu a necessidade de se livrar de Lulude, cuja bunda crescera com o uso e abuso, perdendo considerável porção de sua glória.

Teve menos dificuldade do que esperava. Um dia, indo com ela a São Pedro da Aldeia apanhar um leitão que prometeram a Aparecida em troca de favores espirituais, a Kombi de Seabra, que já vivia estágio terminal, com seus quatro combalidos alto-falantes, enguiçou no caminho. Enquanto Seabra tentava, com pouco jeito mas muita indignação, desentupir o carburador que estava mais sujo do que o canal que liga as águas podres da lagoinha dos Marrecos ao poço da velha fábrica de soda cáustica, Lulude foi examinar, só por curiosidade, umas panelas expostas à beira da estrada, brilhando ao sol forte daquela manhã, oferecendo-se à gula dos passantes que acham mais barato qualquer porcaria comprada à beira dos caminhos.

Ou porque não era hábil em mecânica, ou porque ficara irritado demais e não conseguia desentupir o carburador, a mecânica de Seabra foi, além de sofrida, demorada. Tempo suficiente para Lulude entrar no Empório das Panelas, um quase barracão de madeira, vasto e mais sujo do que o carburador da Kombi de Seabra. Andou de lá para cá, examinando as mercadorias à venda, havia de tudo, miniaturas do Cristo Redentor em gesso, patos, almofadas em tecidos fosforescentes, flores de diversos tamanhos e serventias e até um papagaio que, de longe, parecia de pano mas era de verdade. Não falava mas pensava – segundo o dono, um sujeito meio gordo e meio velho, chamado Hugolino, natural do Ceará mas que se fazia passar por baiano.

Evidente que no Empório das Panelas predominavam as ditas, ou seja, as panelas. Lulude pareceu se interessar por elas na medida em que Hugolino pareceu interessar-se por ela. Começaram a conversar em termos profissionais, ela querendo comprar alguma coisa e Hugolino querendo vender o que pudesse, inclusive a si mesmo.

Finalmente, Seabra conseguiu desentupir o carburador à custa de formidáveis sopros que deu num tubo que lhe pareceu a causa do problema. Engoliu sem querer uns restos de gasolina que ficara no duto mas deu-se por realizado, testara o arranque e o motor da Kombi virara, fazendo aquele barulho característico das velhas máquinas de costura e que era uma espécie de anúncio dele, sua trilha musical, urbana e eleitoral.

Entrou no Empório e pelo jeito com que o dono da loja falava com Lulude, Seabra percebeu tudo. Bastava um empurrão por parte dele e ficaria livre da menina, de maneira até mais limpa e rápida da que se livrara do carburador entupido. Perguntou por que a loja se chamava Empório das Panelas, o dono disse que não sabia bem o que era "empório" mas achava a palavra bonita. E o "panelas" ficava por conta das panelas, que embora não fossem a mercadoria exclusiva, eram as mais fartas e óbvias da loja.

Encurtando a história: após cinco ou seis meses em que Lulude ajudou Hugolino a vender panelas e a recobrar um furor sexual que começava a minguar, foi despedida pelo próprio Hugolino, que dela se livrou com facilidade maior do que esperava: um fazendeiro local foi ao Empório das Panelas comprar uma das miniaturas do Cristo Redentor em gesso, viu e gostou da bunda de Lulude. Estava cansado das cinco mulheres que viviam com ele, sendo que uma delas surrava as demais e tinha tendências lésbicas. Lulude seria sangue novo não apenas para o fazendeiro mas para a mulher que já estava cansada do homem e das quatro companheiras restantes. Chamava-se Aspásia.

V

As borboletas da Tailândia

Uma borboleta bate as asas na Tailândia. Pouco depois, um furacão destrói metade da Flórida, e um papa morre de congestão em Roma. Procurar causa e efeito é função de historiadores e filósofos, duas coisas que Seabra não era nem ambicionara ser, bastando-se ser simples e completamente Seabra, o que já era lucro, pois na verdade nem Seabra era, mas Antônio Ferreira de Araújo.

O fato é que, mesmo ignorando o que vinha a ser a lei da causalidade, *posita causa, positur effectus; variata causa, variatur effectus; sublata causa, tollitur effectus*, Seabra sempre sentia alguma coisa no ar, farejava as nuvens, a brisa, em busca do bater de asas de uma borboleta na Tailândia que provocasse um furacão em qualquer lugar, fosse um papa morrendo de congestão em Roma, em Del Castilho, em Inhaúma, em qualquer parte. E o convocasse a altos destinos.

Já fora transportado a Bombaim, onde seduzira a Madre Teresa de Calcutá que lá estava em piedosa peregrinação. Em corpo, mal saíra do litoral fluminense (Rio, Niterói, Maricá, Saquarema, as duas Iguabas, Araruama, São Pedro da Aldeia, Cabo Frio, Búzios,

Rio das Ostras, Macaé, Campos), sempre em direção ao norte, chegando até mesmo às imediações de Vitória, no Espírito Santo, em Guarapari principalmente, onde perderia memória e compostura.

Com pequenos golpes e grandes esperanças, ele começava a desesperar, acumulando pequenas esperanças e grandes golpes que pouco lhe rendiam. Chegou a desanimar, resignou-se a um negócio banal, adquiriu num ferro-velho uma almanjarra que em tempos idos servira de moenda de cana, duas rodas dentadas que, movidas a manivela de um caminhão desativado, rodavam em sentido contrário, podiam moer canas e espremer os bagaços.

Lubrificou-as com o óleo igualmente velho do mesmo caminhão que lhe cedera a manivela, instalou-se num acostamento da estrada, logo após a Serrinha, onde os caminhoneiros paravam para botar água nos motores que esquentavam ao vencer a subida.

Cana não faltava, era apanhar nos canaviais que já minguavam na economia rural daquelas paragens. Seu caldo de cana, feito na hora, tinha gosto de óleo e ferrugem, mas sempre aparecia um caminhoneiro fatigado que sentia sede e consumia o líquido esverdeado e pastoso que a moenda fabricava aos arrancos da manivela manejada por um Seabra igualmente fatigado.

Não havia futuro visível nem invisível naquele ofício, que aliás durou pouco, menos de dois meses. Uma tarde, atendendo a um freguês que vinha de Cabo Frio, soube que uma mulher ressuscitara dos mortos e estava fazendo milagres. Era a borboleta que batia as asas na Tailândia. O ar vibrado por aquele bater de asas criaria um furacão na Flórida.

E o furacão partiu.

ooo

Passou a moenda a um desocupado como ele, havia muitos em todos os lugares, indolentes por vocação, hábito ou necessidade, encostados nas vendas à beira da estrada, olhando a vida e os carros que passavam, esperando que distantes borboletas na Tailândia ou em qualquer outro lugar fizessem alguma coisa de ordinário ou extraordinário, convocando-os ao biscate do dia, ao prato de comida ou à dose de parati.

Dispensavam o furacão na Flórida ou a congestão do papa. Ajudar na troca de um pneu furado, limpar o pára-brisa de carro em dia de chuva e lama, indicar o caminho a um viajante perdido bastavam.

Seabra chegou a Cabo Frio num dia de verão, pobre de recursos mas rico de imaginação. A cidade, das mais antigas do Brasil, de vila de pescadores, começava a entrar nos guias de turismo, a classe média do Rio e de Minas Gerais, a mesma que no passado fizera a glória das estações de água no Sul mineiro, desviavam-se para as praias ainda desertas e não poluídas do litoral fluminense.

Nos condomínios pioneiros da Ogiva e da Lagoa, causava deslumbramento a ostentação dos veranistas que iam de lancha ao centro da cidade comprar 250 gramas de manteiga ou tentar uma ligação interurbana no único posto telefônico existente.

No panorama social, econômico e geopolítico que encontrou, Seabra desdenhou todos os ingredientes do contexto e fixou-se na mulher que ressurgira dos mortos, a borboleta que lhe batera as asas e convocara-o a alto destino.

Rezaram-se lendas – que foram muitas e contraditórias – sobre a aproximação de Seabra e Aparecida Menezes. O fato, sobre o qual não foram criadas dúvidas mas nunca chegaram a certezas, é que meses depois Seabra foi aceito como empresário único e bastante da ressuscitada, apoderou-se daquilo que ele próprio chamava de "agenda", e, como diferencial de outros intermediários dos pais e mães-de-santos espalhados pela região, além de prometer mundos, cobrava fundos, alistando os clientes que procuravam a mulher e deixavam com ele o título eleitoral.

Não foi difícil eleger-se vereador, primeiramente na própria Cabo Frio, mais tarde deputado estadual em Niterói, antes da fusão e da confusão com o Rio de Janeiro, ex-capital federal e depois estado da Guanabara. Fusão e confusão propícias a Seabra, destinado a qualquer tipo de fusão e beneficiário de qualquer tipo de confusão.

Hábil, habilíssimo em contar a aventura com a Madre Teresa de Calcutá, mostrava-se indeciso, cheio de idas e vindas ao historiar sua chegada aos milagres, braços e pernas da ressuscitada. De igual modo, Aparecida Menezes era parca em detalhes, o fato é que não somente aceitou a gestão de Seabra em seus negócios, como apreciava suas qualidades outras, declarando, aos ventos salgados de Cabo Frio, que Seabra era bom de cama.

Quando não estava em transe, a ressuscitada apelava para uma mistura de cachaça e Cinzano em que ela, estranhamente, colocava um pouco de sal, aumentando o efeito da bebida e cortando o cheiro do álcool, fórmula que ela aprendera com Mãe-de-Todas. O produto assim obtido garantia-lhe um furor uterino que, somado ao fato de ter ressuscitado dos mortos, fazia dela, segundo Seabra e outros homens que a provaram, uma fêmea insaciável e pródiga.

Formaram os dois, Seabra e Aparecida, uma dupla dinâmica cujos feitos e efeitos logo se propagaram. E mais se propagariam depois que o vivíssimo Seabra "começou a fazer das suas", não com ela, exatamente, mas com outras, que a ex-marafona dos tempos de menina chamava de "vagabundas", de "galinhas" – classificações que todos entendiam.

Para saber o que era marafona, precisariam ir aos dicionários, como ela própria fora, tão logo entrara na posse dos bens que lhe deixara o tio Augusto. Entre os quais, além do dicionário e dos romances de Miguel Zevaco, que ela nunca lera, o pavor por aranhas.

Como os dois aproveitavam e se aproveitavam um do outro, perdoavam-se e até mesmo se estimulavam: Seabra fazia das suas. Aparecida fazia das delas.

VI

Um pouco de história e muito de lenda

Na manhã do terceiro dia de meu novo e surpreendente ofício – captar não sabia bem o quê – nada conseguira captar de concreto ou de abstrato, embora captasse Seabra que na realidade era mais abstrato do que concreto, em parte pelas lendas que provocara nos outros e pelas próprias lendas que ele próprio fabricara para si mesmo. E mais abstrata ainda era a história da mulher que ressuscitara.

Desconfiei que precisava, para o bom desempenho da função, de dados precisos, de criar um pano de fundo para as minhas captações, a partir do qual pudesse montar uma teoria ou uma hipótese que fossem transmitidas ao Dr. Evandro com a seriedade que ele pretendia mas a qual, até aquele momento, eu não conseguia alcançar.

Mais ou menos por acaso, após andar pelo Centro da cidade sem saber por onde começar um novo dia de pesquisas, passei por uma velha casa que parecia reformada havia pouco, com paredes pintadas de branco recente e janelas azuis, com boa vontade poderia ser considerada uma construção colonial, embora eu não entendesse muito bem o que era ou não era colonial.

Uma tabuleta em cima da porta principal informava que ali funcionava um Museu Histórico e Geográfico, a entrada era livre desde que eu ali chegasse às nove horas e de lá saísse às cinco da tarde. Tempo mais do que suficiente para tomar informações sobre a cidade sem apelar para as alucinações do Seabra e as vigarices de Aparecida Menezes. Apesar disso, ao penetrar no autodenominado museu, tive um momento de perplexidade:

"E se tudo aquilo que até então captara, a aventura de Seabra com Madre Teresa de Calcutá, a morte e ressurreição de Aparecida Menezes, o forasteiro que também era feiticeiro, enfim, se tudo aquilo fosse verdade ou, pelo menos, tivesse apoio em documentos oficiais ou oficiosos, em testemunhos confiáveis, ou, no limite, irrecusáveis? Seria uma temeridade penetrar naquele sagrado átrio da história cabo-friense. Mas já que estava na porta, o mais prático era entrar mesmo."

Logo apareceu um funcionário que exalava uma autoridade a que devia me submeter. Não parecia ter muito trabalho naquele ofício e deu-me a impressão de ter ficado ao mesmo tempo satisfeito por ter um visitante e aporrinhado por ter, de alguma forma, de exercer o seu ofício."

– Bom-dia – fiz o mínimo que podia fazer, cumprimentando-o.

Ele demorou a me dar resposta, preferindo fazer uma avaliação sumária de quem, naquele dia e naquela hora, ousava penetrar no território que lhe era confiado.

– Bom-dia – finalmente devolveu a saudação.

E como notasse que eu ficara parado na porta, sem saber se entrava ou se saía, ofereceu-me seus préstimos:

– Em que posso servi-lo?

Minha primeira vontade foi a de entrar de sola não apenas no museu, mas no assunto que me levara a Cabo Frio, perguntando se ele sabia alguma coisa do acordo do Brasil com a Alemanha, da usina nuclear que estava sendo construída clandestinamente, de uma alemã desaparecida. Mas reconsiderei. Disse que desejava saber alguma coisa sobre a cidade, sua fundação, os lances principais de sua história e dos eventos ali ocorridos até aquela data.

Tive a impressão que o decepcionei. Ele esperava mais, coisa mais complicada e específica, que lhe desse pelo menos algum trabalho, mesmo sem alguma glória. Com má vontade, foi a um armário, abriu uma gaveta e apanhou um folheto impresso em alguma tipografia mal equipada. Na capa, uma foto aérea bastante desfocada da cidade e o título em letras vermelhas e desenhadas a mão: "Elementos históricos da cidade de Cabo Frio." E um subtítulo em tipos que, à primeira vista, pareciam góticos: "Subsídios para memória e estudo."

Examinei sem muita profundidade o prospecto, tinha informações até demais para o que pretendia. Mesmo assim fiz cara deslumbrada, como se tomasse posse de um tesouro, ou pelo menos do mapa de um tesouro até então desconhecido.

Bem verdade que teria enfim captado alguma coisa para a missão que me fora encomendada, embora sem visível utilidade para apurar a tal usina nuclear e o sumiço de uma alemã naquelas paragens cuja história e estudo me ofereciam de graça. Nas tarefas anteriores que o Dr. Evandro me confiara, coroas funerárias, frutas-de-conde, encontros e desencontros com a amante, nunca tivera qualquer tipo de subsídio, virava-me como podia, sem buscar a autoridade de elementos históricos ou não.

Agradeci o folheto, dei uma rápida passagem por duas ou três salas onde havia painéis com fotos e documentos alusivos à cidade e à Região dos Lagos, passei outra vez pelo porteiro, agradeci novamente e pensei voltar ao hotel para iniciar a captação de tudo o que me fora oferecido.

No meio do caminho, mais por cansaço do que por curiosidade, sentei-me num banco da praça central e comecei a tomar conhecimento do que, na realidade, pouco ou nada me interessava. Surpreendi-me com uma caneta na mão, para assinalar trechos que pudessem impressionar o Dr. Evandro, que certamente me louvaria o empenho e a competência.

A história de Cabo Frio, narrada pela professora Antoane Rodrigues do Carmo, remonta ao período das primeiras expedições colonizadoras ocorridas no litoral brasileiro. Fiquei sabendo que não há precisão sobre quem teria pisado primeiro em solo cabo-friense. Atribuiu-se a façanha – se é que foi mesmo façanha – ao navegador Américo Vespúcio, que no período entre 1503 e 1504 teria ali aportado e fundado o que seria considerada a primeira feitoria das Américas.

Apesar de ser a versão histórica mais aceita, há quem não concorde com o relato, uma vez que Américo Vespúcio deixou, além do nome a um novo continente que ele não havia descoberto, a fama de mentiroso e mitômano. Por natural dedução, verifiquei que Seabra tinha antecedentes. Vespúcio seria um ancestral, abrira uma tendência ou um destino do qual surgiriam, séculos depois, a figura e a obra de Seabra que nunca descobriria nada, ou talvez, com algum esforço da imaginação coletiva, teria descoberto uma mulher que ressuscitara.

Em sua passagem por Cabo Frio, Américo Vespúcio deixou 24 homens de sua tripulação no local para povoar a terra. O grupo ficou sob o comando do português João de Braga, apontado não só como o feitor-geral das Américas, mas também como o primeiro colono do Brasil. A feitoria não duraria muito tempo, sofrendo as investidas dos indígenas da região. O provável desaparecimento ocorreria após 1511, quando os feitores deixaram Cabo Frio, transferindo-se para o Rio de Janeiro.

Da primeira metade do século XVI a meados do século XVII, Cabo Frio seria visitada por diversos navegadores franceses, holandeses e ingleses, atraídos pelo pau-brasil. Não houve notícias de alemães atraídos pela possibilidade de fabricar uma bomba nuclear.

Fazendo parte da Capitania de São Vicente, Cabo Frio presenciaria, na segunda metade do século XVI, um dos mais violentos episódios de sua história, só superado, séculos mais tarde, pela ressurreição de Aparecida Menezes e suas conseqüências, principalmente as produzidas por Seabra.

Em 1555, os franceses invadem a costa brasileira e montam, três anos depois, uma nova feitoria em Cabo Frio. Essa feitoria, estabelecida no local com o apoio dos índios tamoios, servia como quartel da resistência francesa, pois era da mesma que partiam as naus que iriam combater os portugueses na baía de Guanabara.

A situação chegaria a seu fim em 1572, quando Antonio Salema assume o poder como um dos governadores-gerais do Brasil. Inteligente e bom estrategista, Salema lança-se no combate contra os franceses em Cabo Frio. Para isso, começaria minando as bases de apoio ao inimigo, os índios tamoios, valendo-se de um ato funesto: espalha por entre as matas do local as roupas contaminadas de varíola, provocando grande epidemia entre os nativos.

O extermínio da nação tamoia abre espaço para o domínio dos índios goitacazes, a tribo rival, cujo núcleo situava-se em Campos. Antonio Salema consegue derrotar os franceses mas a expulsão deles só viria em 1615.

A Coroa portuguesa reconhece a necessidade de colonizar a região, ordena o fim das investidas estrangeiras e a rápida ocupação lusitana do território. Tal tarefa foi cumprida por Gaspar de Souza, sétimo governador-geral do Brasil, que envia Constantino Menelau, décimo capitão-geral do Rio de Janeiro, para expulsar definitivamente os franceses do solo cabo-friense. A vitória só ocorre na terceira visita de Menelau a Cabo Frio, realizada em 1615, quando montou uma poderosa formação de voluntários oriundos do Rio de Janeiro e de índios de uma aldeia em Sepetiba, onde muitos anos mais tarde Seabra curou-se do acesso de loucura que não teve.

Menelau funda, a 13 de novembro de 1615, a Vila de Santa Helena, que passaria a se chamar, um ano depois, a 15 de agosto de 1616, Nossa Senhora d'Assunção de Cabo Frio. O responsável pela fundação foi Estêvão Gomes, primeiro capitão-mor de Cabo Frio, que, para concretizar o domínio português na localidade, seguiu o exemplo de Antonio Salema ao subjugar os goitacazes. Com medo de serem contaminados pela varíola, os índios de Campos se renderam ao jugo português.

De Cabo Frio nasceria, se não no todo, uma parte dos municípios de Campos dos Goitacazes, São João da Barra, Macaé, Silva Jardim, Maricá, Araruama, São Pedro da Aldeia, Arraial do Cabo e Armação de Búzios.

De tanta confusão, de tão ilustres nomes, a começar por Américo Vespúcio e a terminar no Seabra, Cabo Frio só conseguiu relevância internacional quando a atriz Brigitte Bardot, uma francesa, como os primeiros invasores da cidade, passeou pelas praias da região, de seios de fora, que logo viraram moda, moda condenável que obrigaria um delegado local, chamado Bellot (de provável origem francesa), a proibir não apenas os seios de fora, mas o uso do biquíni, que era novidade na época.

Evento que motivou a marchinha que Seabra gostava de cantar quando estava bêbado, o que era comum no final de seus dias:

Mas Cabo Frio, o que era bom acabou.
quem não tem a Brigitte tem que ter o Bellot.

VII
O forasteiro

Ninguém percebeu, nem mesmo Seabra, que seguindo os passos de seu ancestral Américo Vespúcio, geralmente descobria tudo. E quando não descobria, desconfiava, só não descobrindo nem desconfiando que havia muito não estava agradando nem aos outros nem a si mesmo.

De repente, apareceu em Cabo Frio um personagem novo, não exatamente novo, mas inesperado. E não se tratava apenas de pessoa nova e inesperada, mas de um ofício igualmente novo e inesperado. Perto do antigo Mercado de Peixe, no Centro da cidade, junto ao canal que leva as águas da lagoa para o oceano, apareceu um negro, fino e comprido como um pente, que estendeu na calçada um plástico azulado e, em cima dele, fazia uma porção de coisas com uma porção de outras coisas.

De uma lata de marmelada Colombo, retangular e fina, fazia a caçamba de um caminhão, encaixando nela as peças suplementares de madeira que lascava com um facão que nenhum cabo-friense havia visto maior e mais eficiente.

Usando ainda outra lata de marmelada, mas com um cabo de plástico e quatro ou cinco fios de arame estendidos, fazia um cavaquinho que produzia um som abominável que enfeitiçava crianças na medida em que irritava os pais, que acabavam comprando o brinquedo.

Outras peças também artesanais e malfeitas faziam sucesso, como barquinhos cortados de pita, uma palmeira comum na região, com caule mole e macio, que flutuava bem. Pintados em cores berrantes, na maioria das vezes em vermelho e azul, os barquinhos eram disputados, primeiramente pelas crianças, depois pelos veranistas que os levavam para casa, como decoração marinha e local.

Estava o negro, magro e fino como um pente, lascando enorme pedaço de pita para fazer o transatlântico encomendado pelo banqueiro Magalhães Coelho, mineiro de Montes Claros, que gostava de mar e barcos. Ele desejava colocar o navio num pequeno lago artificial que mandara fazer no jardim de sua casa, jardim que terminava numa das margens do canal.

Desejava que o navio, além de imponente e colorido, flutuasse amarrado por um fio elétrico impermeável, que além de prender o barco, impedindo que a maré alta o levasse para o mar, iluminava-o todo, as luzes aparecendo nos buraquinhos feitos no casco, indicando os camarotes.

Reconhecendo a habilidade do negro, Seabra pensou rápido. Acabara de sair do Sanatório de Sepetiba, onde tivera complicadíssima alta após duas semanas de não menos complicada internação, os médicos não chegaram a nenhum diagnóstico preciso, atribuindo o ataque de loucura a uma vigarice pessoal para se livrar de uma situação abominável que ele mesmo arranjara.

Aproveitara os dias de sanatório não para se curar, pois não tinha doença nenhuma, mas para bolar um jeito de se livrar da recente perseguição da antiga amante, que não o perdoava pelo que lhe havia feito nem ela própria se arrependia pelo que havia feito a ele.

Uns 13, 15 anos antes, apesar de se tolerarem, fazendo simultaneamente das suas e das delas, Seabra, então deputado estadual em Niterói (por pouco tempo, logo seria cassado por quebra do decoro parlamentar e quebra de umas verbas que sumiram do orçamento dedicado ao sistema hospitalar do estado do Rio), ele apareceu em Cabo Frio casado com Yolanda Ribeiro, uma ex-miss de Icaraí.

Aparecida tudo perdoava a Seabra, da mesma forma que ele a perdoava. O casamento de papel passado num cartório de Niterói foi dose além de sua complacência: jurou vingar-se, e o fez da forma já citada, denunciando o amante e empresário que estaria num hotel em Guarapari em companhia da guria menor de idade, o que provocaria a amnésia de Seabra, o ataque de loucura, a internação na clínica de Sepetiba e o fim do casamento com Yolanda.

Caído em desgraça junto a Aparecida, que ficara sendo o seu sustento (ele perderia não apenas o mandato de deputado estadual mas todas as fontes de renda que afinal se resumiam em administrar a agenda da ressuscitada), Seabra iniciou tortuoso e laborioso caminho de volta não apenas à agenda de Aparecida mas à sua cama e ao furor uterino que a fizera notável.

Pensou em encomendar um presente especial para ela, não um transatlântico como o do banqueiro mineiro, mas coisa pessoal, que se tornasse importante para uma mulher que, entre outras especificações, havia voltado do mundo dos mortos – fato no qual todos acreditavam e ela própria também.

Inicialmente, Seabra pensou num suntuoso caixão de defunto, que certamente seria apropriado ao fato mais conhecido da biografia de Aparecida. Chegou a propor a encomenda ao forasteiro, que pronto a recusou, não, de jeito algum, ele fazia carrinhos, cavaquinhos, navios de vários tamanhos e feitios, seria capaz de fazer até mesmo imagens de santo, mas caixão de defunto jamais, jogaria no lixo toda a sua biografia, a mensagem, o recado positivo de sua obra, jogando-a para nível "tão pra baixo".

Seabra concordou e apegou-se à possibilidade de uma imagem, que o próprio forasteiro invocara. Pensou em encomendar uma Iara, uma Janaína, até mesmo uma Pomba-Gira, vermelha e negra, entidade que preside aos instintos da luxúria e da sacanagem. Chegou a propor alguma coisa nesse sentido, notou que o negro topava, entendia do negócio, embora não tivesse religião alguma – foi o que declarou a Seabra. Mas, por dever profissional, aconselhou coisa mais pessoal, que tivesse alguma coisa a ver com a presenteada.

– Qual o signo dela? – perguntou.

– Peixes.

– Taí. Faço dois peixes, cruzados numa bandeja, garanto que ela vai gostar. Melhor que isso só mesmo a santa padroeira dela...

Seabra, que tudo sabia da ex-amante, mais até do que necessitava, ignorava que Aparecida tivesse uma santa padroeira. O forasteiro ajudou-o:

– Qual o nome dela?

– Aparecida.

– Bom nome. Padroeira do Brasil. Fácil de fazer, uma imagem triangular, coberta por um manto azul-escuro com estrelinhas douradas, carinha preta, sem detalhes, uma coroazinha na cabeça, tudo pequenino e simples... sai barato para o senhor...

Combinaram preço e prazo. O forasteiro precisava de mais algum tempo para dar acabamento final ao transatlântico do banqueiro, que na última hora, pediu para gravar na proa e na popa do navio o nome "Tiradentes". Depois sim, em coisa de dois, três dias, faria a imagem encomendada no melhor capricho. E embora não tivesse religião alguma, confessava alguma devoção pela Virgem Aparecida, não só por ser a padroeira do Brasil, mas por ser negra como ele.

Verdade que o forasteiro, com a encomenda de Seabra, ficou alvoroçado, não pelo dinheiro combinado, mas pela vontade de fazer uma imagem de santo – proeza que nunca fizera antes. Capricharia no corte e no polimento da pita, talvez nem usasse pita, caule macio e perecível, mas outra madeira, macia também, o vinhático.

Na serraria João Lacerda & Filhos, para os lados da Gamboa, descobrira alguns bancos e umas cômodas antigas, roubadas de alguma sacristia, feitas de vinhático, não custariam nada e ele poderia fazer uma bela imagem.

Foram os dois, Seabra e o forasteiro, à serraria João Lacerda & Filhos, onde além dos citados bancos de vinhático e de algumas cômodas antigas havia uma coleção de santos talhados em madeira e alguns bonequinhos de barro atribuídos ao pernambucano Mestre Vitalino, considerado pelas cultas gentes um gênio da arte primitiva.

Seabra aproveitou as duas coleções, a dos santos de madeira e os bonecos de barro, para fazer uma de suas mais decantadas manifestações de cultura geral e artística. Louvou os santos barrocos, distinguindo entre uns e outros os de origem baiana e mineira, mostrando-se mais favorável aos mineiros do que aos baianos, citou o Aleijadinho, Martins Servas, o escravo Maurício, entre os baianos destacou Chagas, o Cabra, falou e inventou outros, deixando João Lacerda e filhos deslumbrados com tanta e tamanha sabedoria, embora não impressionasse o forasteiro, que nem ouviu o que Seabra dizia, mais interessado em examinar os bancos e cômodas de vinhático da velha sacristia.

Quanto aos bonequinhos de barro do pernambucano Mestre Vitalino, Seabra dedicou-lhes um desdém radical. Se dependesse dele, passava todos num moedor de carne, reduzindo-os ao barro primitivo.

De qualquer forma, o forasteiro saiu da serraria com uma pequena peça de vinhático, que Seabra barganhou até o limite da doação para fins artísticos. E tanto a sua erudição de entendido em barroco mineiro e baiano como a eficiência de sua arte de barganhar foram recompensadas.

Aparecida apreciou o presente que Seabra lhe enviou com um bilhete em que cometeu dois erros de redação. Ela resolveu dar um tempo ao ódio pelo ex-amante, mesmo porque já considerava Seabra suficientemente desmoralizado como vereador, deputado estadual, jornalista e amante, reabilitado em parte, apenas como entendido em barroco mineiro e baiano — o que pouco lhe acrescentava na moral e na biografia.

E comovida também ficou quando, ao tocar na santa de madeira, quando acariciou a face enegrecida, pelo tempo em que a imagem original estivera submersa nas águas do rio Paraíba, lembrou-se de um companheiro distante. E arrependeu-se retroativamente de não ter cometido sacanagens com o amigo de infância, apesar das duas ou três tentativas em que Manuel Firme não tivera coragem ou competência para ir, com seu pau adolescente e negro, até as coxas brancas de sua companheira.

VIII

Monsenhores em ação

De tempos em tempos, acontecem em Cabo Frio coisas maravilhosas, nem sempre com a magnitude da ressurreição de Aparecida Menezes, mas próximas. Tão maravilhosa, mas sem magnitude igual, foi a reação da mesmíssima Aparecida Menezes ao receber, dentro de um embrulho que lembrava remotamente um caixão de defunto, a caixa de madeira envernizada contendo nada mais, nada menos, do que a imagem de Nossa Senhora Aparecida.

Embora elevada por bula papal a padroeira genérica do Brasil, não era sua padroeira particular nem objeto de sua devoção especial, uma vez que a entidade que a presidia e guiava era o Caboclo Ventania. E sua devoção mais constante era sacanear o ex-amante, ex-empresário, ex-sócio em diversas empreitadas espirituais e materiais.

Morava ela, naquela ocasião, com um rapaz 15 anos mais jovem, para as bandas do Coqueiral. Apesar de ainda se sentir capaz de proezas várias, reduzira o próprio facho e vivia discretamente, recebendo devotos e devotas que a procuravam para curar maridos embriagados ou denunciar esposas infiéis.

Verdade que Seabra caprichou na surpresa. Além do cartão que enviou com o embrulho e – como já foi dito – com alguns erros de redação e outros tantos de ortografia, ele ampliou a eficácia do presente com um buquê de monsenhores, flores usadas nos caixões de defunto, envolvendo o corpo de cima a baixo, deixando à mostra apenas o nariz e o bico dos sapatos do morto.

Extravagante ou não, a remessa de monsenhores foi também aceita de bom grado por Aparecida, que passara algumas horas num caixão de defunto envolta nas flores roxas que cheiravam a enterro, não se sabendo se o enterro é que dava cheiro às flores, ou se as flores é que davam cheiro ao enterro.

Mesmo sem apreciar o cheiro e os monsenhores em si mesmos, gostando mais de rosas e cravos vermelhos, que lhe pareciam dignas de sua luxúria e biografia, Aparecida promoveu-os a flores preferenciais e quase exclusivas. Eram os monsenhores um anúncio dela, uma logomarca, como o oval da Esso e o jacarezinho das camisas Lacoste.

Pode parecer, após tantas venturas e desventuras, tanta mão-de-obra para desmoralizar o desmoralizado Seabra e dele se vingar, que Aparecida já estivesse fatigada daquele ofício suplementar, que nada lhe acrescentava. Devotos nunca lhe faltavam, ela própria reduzira as atividades para ter tempo de melhor aproveitar o jovem com quem vivia, que era pontual na cama embora infiel fora dela.

Por sua vez, Seabra não exagerou na reaproximação. Pela primeira vez usou de uma tática que ele classificou de "diplomática", não se fazendo sentir, evitando até mesmo um encontro circunstancial que pudesse dar pretexto a um agradecimento, a uma efusão por parte dela.

Deixou ao acaso. Mas que diabo, não podia prever o acaso. A santa de vinhático, feita pelo forasteiro, iniciou vida própria de maravilhas, concorrendo com o Caboclo Ventania, a entidade que antes a presidia, com exclusividade, tornando-a única mulher ressuscitada de Cabo Frio, e por extensão, de toda a Região dos Lagos.

Percebendo o perigo que ameaçava o primitivo protetor e até então o mais eficiente colaborador nas embrulhadas em que se metia, Aparecida quis conhecer a origem daquela santa, onde e como Seabra a descobrira, se a comprara ou roubara, onde e como arranjara a imagem que começava a fazer mais sucesso do que o Caboclo Ventania, que volta e meia negava fogo, perdendo, além de substância espiritual, clientes materiais.

Por interposta pessoa, pediu informações a Seabra. Sentindo as intenções da ex-amante, e sabendo da eficácia do presente que lhe mandara, ele se fechou em mistérios, insinuando à interposta pessoa que a imagem fora levada a Roma e recebera bênção especial do papa gloriosamente reinante.

A revelação fez Aparecida balançar em suas convicções. Não que passasse a desdenhar o Caboclo Ventania. Apenas admitiu, a contragosto, que a concorrência começava a se tornar desigual.

Do Caboclo Ventania, que lhe fora fiel e prestativo durante tantos anos, ela conhecia pouco, tomara conhecimento dele no dia do velório do tio Augusto, quando Manuel Firme trouxe o pai-de-santo que cantou o ponto de macumba que falava num tal Caboclo Ventania, acrescentando-lhe apenas um atributo: "era um caboclo da folia".

Agora chegava-lhe, por surpreendentes vias, a santa com que Seabra lançava as bases de um armistício. Lembrou-se da frase que Manuel Firme dissera quando foram surpreendidos no quarto, o pai-de-santo cantando o *Cadê Vira-mundo, ô Pemba!*, ela de saia levantada mostrando as pernas e a primeira sombra da adolescência:

– Mal não pode fazer!

IX

Sumiço inexplicável

Ao mesmo tempo que Aparecida, com alguma hesitação pessoal e razoável escrúpulo profissional, bandeava-se para a santa, admitindo-se fatigada mas não descrente do Caboclo Ventania, Seabra também se sentia fatigado e descrente de tantas e tão variadas embrulhadas.

Tentando a reaproximação com a ex-amante, por inexplicável simetria sentimental tentou também reatar com Yolanda Ribeiro e com a filha Maria Ignês, mas sem obter sucesso. Yolanda deixara a Região dos Lagos, mudara-se para o interior do Paraná, descolara um produtor de soja nas imediações de Cascavel.

Maria Ignês estudara num colégio em Londrina, começara um curso de Direito em Curitiba, nunca se refizera do impacto de não ter sido reconhecida pelo pai, no hotel de Guarapari.

Verdade que Seabra tentou alguma coisa para se reconciliar com a ex-mulher e a filha. E como tivera êxito com a imagem de vinhático produzida pelo forasteiro, decidiu procurá-lo mais uma vez, a fim de obter uma santa igual ou equivalente em bons eflúvios para presentear Yolanda e lançar as bases para aquilo que ele insistia em pensar que seria um "armistício".

Foi até o antigo Mercado do Peixe, esperando encontrar o feiticeiro sobre o plástico azul, onde colocava seus brinquedinhos enquanto fazia outros.

Não encontrou nem o forasteiro nem vestígios do plástico azul e dos brinquedinhos. Tomou informações e ficou sabendo que, apesar de procurado por outras pessoas, interessadas em sua produção artesanal e inocente, nada se sabia dele. Devia andar por aí, não se sabia onde. Apesar da notoriedade obtida com a venda de barquinhos, caminhões, cavaquinhos e eventualmente de outras peças encomendadas pelos interessados, continuava sendo um forasteiro, tipo marginal na cidade, então constituída de três tipos de gente:

1) Os nascidos, criados, vividos e sofridos na própria Cabo Frio, da qual não se arredavam desde os tempos de Américo Vespúcio;

2) Os veranistas, que tinham ou alugavam casas para passar temporadas longas ou breves, responsáveis pela nascente fama da região como balneário;

3) E em decorrência da fama e da moda, os hippies que no final dos anos 60 e pelos anos 70 procuravam lugares apropriados para o exercício da paz e do amor.

No subsolo das camadas visíveis, havia o grosso da população propriamente dita, de certa forma invisível, constituída de pescadores, empregados das casas de veraneio, dos bares e barraquinhas que vendiam peixe e caipirinha, pessoal terceirizado, no qual tanto Seabra como Aparecida exerciam fascinação incompreensível, todos sabiam que os dois não prestavam, nem por isso conseguiam ficar livres de ambos.

O forasteiro não era nada disso. Nem morador nem pescador, nem veranista nem hippie, nem terceirizado. Era o que a legislação moderna consideraria um "autônomo". Para dizer tudo, um forasteiro mesmo.

Tanto a sua aparição como o seu desaparecimento não criaram nem provocaram interesse além do normal, motivado pelo sucesso dos brinquedinhos que fazia com perfeição. Até o dia em que, já estando Seabra cansado de procurá-lo, ficou sabendo que o negro fora visto em Búzios, numa praia deserta, ao lado de uma mulher loura e bonita, que diziam ser alemã.

Ela fazia bolsas rústicas que se transformavam em tabuleiros de gamão, vendendo-as aos turistas e veranistas nas praias, nos bares, em casas residenciais.

Não se sabe quem os aproximou. Se foi a alemã, atraída pela cor e pela habilidade manual do forasteiro, ou se foi o próprio forasteiro, que nunca vira mulher tão loura e tão branca, tão independente e disponível.

Recolhendo o plástico azul, ele seguiu para Búzios, pela empoeirada estrada de 25 quilômetros que ligava Cabo Frio a seu distrito mais famoso. Tampouco se sabe como os dois viviam, onde moravam. Diziam que dormiam nas praias, nas grutas formadas pelas rochas cobertas de limo que desciam em direção ao mar.

Num encontro ocasional com Aparecida, já em fase de conciliação e boa vontade recíproca, Seabra recebeu dela uma pergunta inesperada:

– Onde foi que você arranjou aquela imagem?

Na velha mania de embromar, Seabra ia repetindo a história dos peregrinos que haviam ido a Roma pedir ao papa a bênção especial para a santa. Desiludido por não ter arranjado imagem equivalente para se reaproximar de Yolanda e da filha, surpreendeu-se dizendo a verdade:

– Comprei aqui mesmo, ali no Mercado do Peixe, um negro que faz brinquedinhos de pita, de lata, de madeira... encomendei a imagem por sugestão dele... ele pensou em fazer dois peixes numa bandeja... sabe... o seu signo... quando soube que você se chamava Aparecida decidiu pela santa...

– Ela tem dado sorte... tanto ou mais do que o Caboclo Ventania... trabalham em casos diferentes, um não se intromete com o outro... mas acho que estou sendo ingrata com o Ventania, tenho dele uma imagem vagabunda, feita de gesso, já esfolada... volta e meia um devoto se agarra nela, está ensebada, tem pedaços lascados, numa das mãos falta um dedo, preciso encomendar um novo Ventania, de madeira, mais resistente, maior e mais bonito...

– Ouvi dizer que o forasteiro está em Búzios... com uma alemã... moram nas praias... nas grutas perto do mar...

– Sabe o nome dele?

Seabra não sabia. Achava até que não tinha nome algum.

Os dois se olharam, como nos velhos tempos.

– Ele é negro mesmo? Muito negro?

Seabra confirmou. E adivinhou alguma coisa no olhar da ex e futura amante.

– E se além de forasteiro, ele for um feiticeiro? – perguntou Aparecida.

Era a ameaça que ela temia. Seu reinado era incontestável desde o dia em que ressuscitara. E embora não tivesse idéia de como fazer render o miraculoso evento, logo encontrara Seabra, que a administrara e se administrava, apoderando-se de sua agenda. Ele só não tivera sucesso maior porque se perdera com mulheres, umas de boa-vida, como Yolanda Ribeiro, que lhe dera uma filha, outras de má vida mesmo, que só lhe deram dissabores e uma gonorréia que custara a ser curada com sulfas e permanganato a 2%.

Contando e recontando façanhas reais ou imaginárias, como a da noite passada em Bombaim com Madre Teresa de Calcutá, conseguindo pertencer à Ordem dos Velhos Jornalistas quando nem era velho nem jornalista, Seabra não havia pensando na hipótese que lhe parecia inquietante: um feiticeiro!

Provavelmente vindo das entranhas da África, como os antigos escravos, pastando agora naqueles domínios, os seus e os de Aparecida! Era um desafio, talvez mais do que isso, uma ameaça.

Estando em Búzios, colado a uma alemã extraviada que vendia tabuleiros de gamão na praia, o forasteiro entrara em recesso que podia durar pouco ou muito. Não custava tomar providências para evitar a dissidência espiritual que certamente bagunçaria o império da ressuscitada. Ela passara a dispor, além da glória de ter ressurgido dos mortos e da comprovada eficiência do Caboclo Ventania, de um elemento novo, transcendental: a santa abençoada pelo papa ou saída das mãos de um mago das Áfricas. Um cisma cujas conseqüências Aparecida julgava terríveis.

– Precisamos fazer alguma coisa... – disse, usando um plural que era raro nela. Sempre que precisava fazer alguma coisa, fazia sozinha.

Apesar das ditas e desditas dos tempos em que vivera com Seabra, e da separação operacional e corporal que durara anos, ele lhe fora útil. O "precisamos fazer alguma coisa" era a volta aos bons tempos.

X

O decadente Seabra

No início, pensei que era muito mas logo descobri que era pouco. Não justificava abrir a Olivetti e mandar informações para o Dr. Evandro. Muito menos telefonar, o serviço era péssimo, só se podia falar do posto central, abagunçado, sujo, sempre cheio de gente e com a maioria dos aparelhos ocupados ou enguiçados. Além do mais, relatar o encontro de um navio artificial boiando num lago também artificial, de um banqueiro natural de Minas; de monsenhores também naturais para enfeitar defuntos nem sempre naturais; do próprio Seabra, que me parecia o veio mais sustancioso até então, nada disso poderia interessar o Dr. Evandro, nem mesmo chegava a me interessar.

Feitas as contas, avaliando meus progressos, tinha pelo menos uma referência. A alemã deveria ter existido mesmo, aparentemente continuava desaparecida, mas seria um absurdo acreditar que ela representaria uma ameaça ao Programa Nuclear do Brasil com a Alemanha, apesar de ter suas coxas teutônicas louvadas pela *A Gazeta do Cabo*.

Mesmo assim, por falta de opção, nos dias seguintes freqüentei as imediações do Mercado do Peixe, se a sorte ajudasse, poderia encontrar o forasteiro negro, esguio como um pente, que podia ou não podia ser um feiticeiro. Tinha também a esperança de encontrar novamente o Seabra, mas ele não apareceu por ali.

Acabei encontrando-o, inesperadamente, em outro lugar, no único posto de gasolina da cidade, onde fui abastecer o fusca para ir a Búzios, buscar informações mais precisas e recentes da alemã desaparecida. Seabra esperava que trocassem o pneu da Kombi que usava, na qual, na parte de cima, havia os quatro alto-falantes direcionados aos quatro pontos cardeais, dando ao veículo combalido o aspecto de um carro de som esculhambado para suas andanças eleitorais, sociais e gerais, que deviam ser também esculhambadas.

Custei a reconhecê-lo, e só o consegui quando, olhando para dentro da Kombi, vi um ramo de flores roxas, justamente os monsenhores aos quais fora apresentado no dia anterior.

Com aquela insistência em flores mortuárias, desconfiei que Seabra devia estar exercendo alguma função próxima ou equivalente à de papa-defuntos. Mas não me competia informar-me sobre ele. No fundo, era uma pista tão vaga como a do navio do banqueiro, embora ele já tivesse mencionado a alemã, que até o momento era a prioridade maior do meu trabalho.

Taticamente, o reservara para pesquisa posterior, quando obtivesse maiores e melhores informações. Ele não inspirava confiança, embora nada tivesse feito contra ou a favor de nada e de ninguém.

O encontro no posto de gasolina foi rápido, trocamos poucas palavras, ele reclamou que o forasteiro não aparecera, mostrava-se chateado com isso, eu tive tempo de elogiar-lhe os monsenhores, que me pareceram um pouco esquálidos, colhidos dois ou três dias antes.

Trocado o pneu da Kombi, Seabra se foi, estava mal-humorado naquela manhã, fez rápido aceno em minha direção, despedindo-se e, ao mesmo tempo, avisando que tinha pressa e não podia gastar conversa.

Neste particular, eu me colocava em posição oposta a ele. O que precisava era justamente gastar conversa, muita conversa. E como estava no posto de gasolina que acabara de servi-lo, e sabendo que ele era personagem importante na cidade, fiz um comentário que me pareceu despropositado, mas logo verifiquei que era apropriado.

— Sujeito bacana, não?

O rapaz que o atendera olhou-me espantado.

— O Seabra? Não é mais o mesmo. Não é nem a sombra do que foi... Está decadente...

Fiz cara interessada, esperando maiores revelações. Que logo vieram:

— Culpa daquela vigarista... pintou e bordou com ele, devia-lhe tudo, afinal, nem todo mundo acreditou que ela tivesse ressuscitado, foi Seabra quem a criou, ela o corneou com todo mundo, até com aquele corcunda que tomava conta do iate do Dr. Silveirinha... fez tudo para destruir Seabra... e não é que, agora, parece que estão novamente juntos?

Fiquei atordoado. Muita informação de uma só vez. Apesar de estar distante dos meus objetivos, achei que Seabra poderia ser bem mais do que um ponto de partida. Ele próprio seria uma informação à parte, poderia não interessar ao Dr. Evandro mas passou a me interessar. Pensando bem, eu já me descobria interessado nele. E descobri com algum desagrado que aos poucos passara a me preocupar com coisas, pessoas e fatos estranhos, o forasteiro que podia ser feiticeiro, os monsenhores para enfeitar defunto, a mulher ressuscitada e, acima de tudo, o próprio Seabra, com o seu passado maravilhoso de vereador, deputado, jornalista, na realidade um mitômano da Região dos Lagos, relativamente moço, capaz de façanhas outras.

Ia perguntar sobre a mulher que ressuscitara, preferi ir devagar, saboreando o mingau pelas beiras. A naturalidade com que o rapaz falara aquilo tudo revelava que o caso não se limitava a um relato oral das ruas de Cabo Frio, devia se constituir num patrimônio da cidade, do conhecimento geral, com os contraditórios de praxe, com gente acreditando e gente negando tudo aquilo, embora sem interesse pessoal em afirmar ou desmentir qualquer coisa.

O mais prático era ir mesmo a Búzios, pela estrada de terra que sai da Ogiva e, apesar de maltratada, cheia de buracos, mais curta do que outra, que é asfaltada, mas dá uma volta enorme pela rodovia que leva a Campos, ao Espírito Santo.

Se conhecia mal Cabo Frio, conhecia Búzios pior. Era dia de semana, as praias não estavam cheias, algumas estavam desertas. Que eram bonitas, eram. Numa delas, havia uma concentração de cachorros que esperavam pescadores que viriam jogar fora os peixes que não poderiam vender. Um barco a vela ia de um lado para outro da enseada.

Por onde começar?

Fazia calor e entrei no bar improvisado de uma das praias, pedi uma cerveja, e levei um susto quando o moço que servia no balcão perguntou:

– Teutônica?

Havia na região um tipo de cerveja com este nome. Fazia concorrência com as cervejas servidas no Rio, às quais eu estava habituado. Não custava provar a Teutônica oferecida e ir avante na busca de informações:

– Sim... deve ser boa...

– É a melhor... a mais vendida aqui em Búzios...

Tomei um gole, sinceramente, bebo pouco e não sei distinguir uma cerveja boa de outra pior. Mas tinha um nome e foi por aí que puxei conversa:

– Teutônica... tem muito alemão por aqui?

O rapaz parece que não entendeu a relação entre "teutônica" e "alemão". Custou a responder e disse que não, havia muito argentino, alguns italianos, alemão era raro...

Expliquei:

– Os alemães gostam de cerveja... Teutônica... ouvi dizer que por aqui havia muito alemão... muitas alemãs...

Por mais que espremesse o rapaz, ele não ia além daquilo. Era jovem, devia ser novo no lugar e na profissão, pouco ou nada devia saber sobre o que me interessava.

Dei voltas pelas praias, tomei outra cerveja em outro bar (evitei a Teutônica, que me pareceu espessa, amarga demais), voltei para Cabo Frio. Mais por superstição do que por dever, passei pelo Mercado do Peixe para ver se encontrava o forasteiro que Seabra acreditava ser um feiticeiro. Ou esbarrar com o próprio Seabra.

Nem sombra deles.

No hotel, havia um recado do Dr. Evandro pedindo notícias, ou melhor, cobrando informações. Com paciência rara em mim, enfrentei o Posto Central, a muito custo consegui uma ligação, prometi mandar um primeiro relatório no dia seguinte, havia um serviço de entregas que funcionava na única empresa de ônibus que fazia a ligação com o Rio. Com pequena taxa suplementar, um mensageiro entregaria no mesmo dia a encomenda ao destinatário.

Fiz um croqui das praias de Búzios, mais ou menos de cabeça, e outro de Cabo Frio. O sumiço da alemã não ficara muito preciso se fora numa ou noutra cidade, não custava complicar a história que já era complicada.

Não foi necessário caprichar nos croquis, seriam inúteis ao Dr. Evandro, em qualquer banca de jornal ou livraria ele encontraria mapas bem detalhados dos dois balneários.

Mesmo assim, assinalei o trecho onde me garantiram que Brigitte Bardot gostava de mergulhar, como se dali partisse a ponta do mistério que eu teria de desvendar. Fiz o mesmo com Cabo Frio, e como a alemã sumira numas pedras, não se sabia ao certo se em Búzios ou em Cabo Frio, levantei uma terceira hipótese. Ela teria sumido não exatamente no mar, mas do próprio Centro de Cabo Frio, num dos locais mais movimentados da cidade, o Mercado do Peixe, onde por sinal costumava ficar um forasteiro que talvez soubesse de alguma coisa. E mesmo que não soubesse, devia ser levado em conta. Adotara a hipótese levantada por Seabra, a de que o forasteiro acumulava as funções de feiticeiro.

Quando fechei a Olivetti e o envelope em que mandaria as informações para o Dr. Evandro, desci ao bar do hotel, disposto a tomar mais uma cerveja, desde que não fosse uma Teutônica. Fazia calor e naquela noite não soprava o vento constante que fizera os primeiros navegadores darem o nome de "Cabo Frio" ao local.

Para minha surpresa, e também para minha alegria, estacionada na frente do hotel, vi a Kombi com os quatro alto-falantes na capota.

"Ele" devia estar por perto. Não lhe sentia o cheiro, acho até que Seabra não tinha cheiro algum. Mas havia um clima que lhe era próprio e que o denunciava à distância.

No bar do hotel, numa mesa dos fundos, como se esperasse alguma pessoa ou coisa, lá estava Seabra, o decadente.

XI

Cerveja teutônica

Ia desistindo de mandar o primeiro relatório ao Dr. Evandro. Mas não gostara de ter sido cobrado por ele tão cedo assim e acabei mandando a minha correspondência, que julguei inútil, principalmente depois que conversei noite adentro com Seabra, o decadente.

Eu o havia encontrado no bar do hotel, numa mesa afastada, dando a impressão de que esperava alguma pessoa ou coisa. Não podia ser a mim, conhecido circunstancial e recente. Mas parece que ficou satisfeito ao me ver – o que foi recíproco. Ofereceu-me uma cadeira, tomava uma bebida esverdeada, perguntou se desejava alguma coisa.

– Cerveja. Bem gelada – aceitei.

E lembrando-me da manhã em Búzios, exigi uma Teutônica, embora não a tivesse apreciado.

Olhei a cara de Seabra para ver se a referência à teutônica causava nele alguma reação. Fosse finlandesa ou búlgara daria no mesmo. Nem se espantou com a minha escolha, achou-a natural, não devia ser excepcional um estranho tomar a cerveja de uso quase exclusivo daquela região.

Seabra estava de poucas palavras, ao menos no início – o que contrariava a sua fama e a sua maneira de viver. Custou a entrar no assunto que esperava dele e do qual era, até então, o principal personagem.

Com jeito, levei-o aonde queria, insistindo no nome da cerveja.

– Curioso... lá no Rio temos dezenas de marcas de cerveja, até as importadas... mas o mercado está nas mãos de duas fábricas, aceitam a concorrência das estrangeiras que são vendidas nos supermercados, nos bares, a Carlsbad... a Heinecken... nunca tomara antes esta Teutônica... nem conhecia...

Examinei com atenção a garrafa e o rótulo, como se me interessasse especialmente por cervejas. E repeti duas ou três vezes aquele nome:

– Teutônica... Teutônica.... cerveja Teutônica....

Insisti na palavra. Olhei fundo o rosto de Seabra.

– Teutônica...

Dei um tempo para ver se causava qualquer reação.

– É fabricada em Cabo Frio?

Seabra fez um gesto de enfado:

– Não sei. É fabricada por aí... em Petrópolis... Juiz de Fora... sei lá...

Ele não se interessava por cervejas. Mesmo assim insisti:

– Tem muito alemão aqui? Ouvi falar em argentinos, italianos. Em Búzios, por exemplo, há muitos italianos e argentinos...

– Sim... nunca dei atenção a estrangeiros... o meu negócio é com o povo local...

Entrei de sola no assunto:

– Ouvi dizer que havia uma alemã por aqui... desapareceu misteriosamente...

Seabra respondeu de má vontade:

– É. Falaram muito nessa vigarista, mas nunca dei bola para o caso... foi coisa lá do Rio... dos jornais, da televisão... aqui ninguém se preocupou com ela...

– Havia muitas alemãs vigaristas por aqui? – perguntei.

E acrescentei:

– Parece que chegaram algumas, vigaristas ou não, elas acompanhavam uns alemães misteriosos... queriam fabricar uma bomba atômica no Brasil... sabe, na Alemanha não podem fazer isso, há uma lei internacional que proíbe... seria uma ameaça para a humanidade... mas aqui em Cabo Frio, em Búzios... nessas praias desertas... ninguém ia saber...

Tive a impressão de que Seabra nem me ouviu falar. Não era assunto dele e, talvez, de ninguém, a não ser do Dr. Evandro, e, por encomenda dele, meu.

Decidi mudar o rumo da conversa e para que ele não me levasse a sério, desqualifiquei o que acabara de falar:

– Falei por falar... li num jornal que haverá um acordo entre o Brasil e a Alemanha para a construção de uma usina nuclear, acho que em Angra dos Reis... mas nada de fabricar bomba, será uma usina para fins pacíficos... produzir energia elétrica.... há um déficit...

Se estivesse contando de quantas maneiras um esquimó come um peixe cru ou lava o rabo naquele frio todo, teria de Seabra o mesmo desdém. Na hierarquia de suas preocupações, uma bomba atômica ou não, produzida ali, em seus domínios, ou um busca-pé de festa junina daria na mesma.

Preferi desconversar, mas antes que engatasse outro assunto, de repente, como se uma luz vermelha piscasse dentro de sua cabeça, Seabra me perguntou:

– Você é jornalista? É da polícia?

Pareceu aliviado ao saber que eu não era jornalista nem da polícia.

Dei um tempo. Percebi que Seabra desejava falar de si mesmo e não de uma alemã desaparecida, fazia algum tempo. Dei-lhe corda, aliás, nem foi preciso dar corda, ele desfilou suas proezas mais notáveis, e por mais que fizesse bom juízo de si mesmo, notava-se alguma melancolia em suas recordações. Realmente, podia não estar decadente, mas já não era o mesmo, ele próprio admitia isso.

Intermezzo

Epístolas aos Cabo-frienses

Irmãos:

Paulo, apóstolo, com a colaboração de seus amados discípulos Timóteo e Tito, após escrever epístolas aos Filipenses, Colossenses e duas aos Tessalonicenses, sente-se obrigado a escrever uma especial epístola aos Cabo-frienses, saudando-os a todos, indistintamente, nativos e forasteiros, inclusive eventuais feiticeiros, por ocasião do momento de verdade que os diletos irmãos estão atravessando.

Tomai com espírito de humildade e devoção os conselhos e advertências que ora vos faço, na certeza de que compreendais as aflições que me assaltam ao saber dos extraordinários feitos convosco ocorridos ou a ocorrer. Nunca é demais lembrar a visão que um outro apóstolo teve na ilha de Patmos, bem verdade que, no instante em que vos escrevo, ditas visões ainda não aconteceram – mas desde que vão acontecer, tanto faz. São visões e, como visões, podem ser antecipadas, conhecidas e interpretadas.

Escrevendo aos irmãos da Laodicéia, o Senhor avisa: "Conheço as vossas obras e sei que não sois frios nem quentes, mas tépidos. E por que não sois frios nem quentes, mas tépidos, eu começarei a vomitar-vos de minha boca."

Terrível advertência, irmãos, que felizmente não se aplica a vós, que sois frios ou quentes, muitas vezes quentíssimos, sem correr o risco de serem vomitados da boca do Senhor.

E para manter-vos no caminho da justiça e da adequada temperatura que não seja a tepidez que provoca o vômito, eis que vos admoesto para comezinhas verdades que muito vos auxiliarão a vencer os desafios da hora que vos acomete.

Dou graças todas as vezes que me lembro de vós, embora desconfie que deva estar mal informado. Cumpri o meu dever para que cumprais o mesmo, nada façais por contenda ou vanglória, mas por humildade, cada um considerando os outros superiores a si mesmo, menos o Seabra, que me parece superior aos demais, mas é bom que ele não saiba, a fim de não pecar por jactância e reprovável quebra de modéstia, virtude aliás que ele não tem.

Não atente cada um para o que é seu, mas cada qual também para o que é dos outros.

Vossa salvação está no temor e no tremor.

Fazei todas as coisas sem murmurações nem contendas, para que sejais irrepreensíveis e sinceros, inculpáveis no seio de uma geração corrompida e perversa. Resplandecereis como luminares do mundo, tal como o nosso irmão Seabra pensa resplandecer sobre vós.

Guardai-vos dos cães e serpentes daninhas, guardáveis dos obreiros e demais feiticeiros, atentando que nem todo forasteiro é feiticeiro e vice-versa, nem todo feiticeiro é forasteiro.

Cuidai que ninguém vos sobressalte por meio de filosofias e vãs sutilezas, segundo a tradição dos homens e os rudimentos do mundo.

Ninguém vos julgue pelo comer ou beber, ninguém vos domine por prazer ou astúcia. Mortificai pois os vossos membros que estão sobre a terra: a fornicação, a imundície, o apetite desordenado, a vil concupiscência e a avareza. Despojai-vos da ira, da cólera, da malícia e das palavras torpes da vossa boca.

Revesti-vos, meus eleitos e amados, de entranhas misericordiosas, de benignidade, de vísceras com mansidão e longanimidade. Suportai-vos uns aos outros – bem sei como é difícil suportar um Seabra entre vós – e perdoando-vos se alguém tiver alguma coisa contra alguém. Que a vossa palavra seja sempre purificada pelo sal – que ouvi dizer abundante em vossa cidade.

Quanto ao mais, irmãos, pensai e praticai tudo o que é honesto, tudo o que é justo, todo o que é amável, tudo o que é de boa fama, pensai e cuidai apenas da virtude e da fé – e tudo vos será acrescentado.

O meu amor e a minha graça sejam com vós para agora e sempre .

Do vosso irmão

Paulo,

que tudo escreveu com a própria mão.

XII

O momento da verdade

Trabalhei a manhã toda na Olivetti. Tinha muito o que mandar para o Dr. Evandro. Talvez nem mandasse nada por ora, apenas memorizava no papel as aventuras de Seabra, com quem passara parte da noite e parte da madrugada, deixando-o livre para fazer o que mais gostava: falar bem de si mesmo e, em decorrência, falar mal dos outros.

Que estava decadente, estava. Eu nem precisava ter ouvido o comentário do rapaz que lhe trocara o pneu no posto de gasolina.

E o mais curioso é que o próprio Seabra parecia ser o primeiro a admitir que não era o mesmo, embora não se julgasse decadente no todo ou na parte que lhe competia.

Falou pouco e por alto de suas atividades políticas como vereador e deputado estadual, referiu-se a uma crise psicológica que o obrigara a passar uma temporada no sanatório de Sepetiba, mas garantia que nunca havia fingido desconhecer a filha única que tivera com uma mulher que não amara mas que com ela se casara tentando dar um rumo respeitável à sua vida.

Como nada disso me interessasse, nem podia interessar ao Dr. Evandro, não insisti em saber mais, evitei perguntas, deixei que contasse o passado dele como quisesse. E, na realidade, ele desejava exatamente isso, falar pouco de seu passado e muito de seu presente.

Ele se sentia naquilo que chamou de "momento da verdade". Completara havia pouco 55 anos, embora todos o julgassem bem mais velho. Para ter direito a tantas e tamanhas façanhas que lhe atribuíam, deveria ter pelo menos 150 anos, numa sucessão arbitrária do tempo, pois aos dez anos conseguira entrar na Ordem dos Velhos Jornalistas, com carteira de sócio fundador e remido assinada por Austregésilo de Athayde.

Onde Seabra se fartou, e revelou os motivos de sua crise existencial que beirava a decadência que não admitia mas temia, era o confuso caso com a mulher que ressuscitara em Cabo Frio – e foi por aí que comecei a entender alguma coisa, dele e da cidade. Inclusive a insistência nos monsenhores, que não era a flor preferida dele – deixou isso bem claro –, mas adequada à defunta, que fora coberta por monsenhores no caixão e ressuscitara.

Não se tornaram necessárias argúcia nem perguntas delicadas para perceber que Aparecida Menezes, apesar das muitas e más que fizera a Seabra, continuava sendo a mulher da vida dele. O tempo passara para os dois, haviam sido parceiros na cama e sócios nos negócios. De agente e assessor da mulher ressuscitada, conseguira eleger-se vereador e deputado estadual. Prosperaram ambos, e só romperam a parceria porque cultivavam aquilo que um espírito baixado no corpo de Aparecida, numa sessão especial no Dia de Finados, chamou de "instintos bestiais", presentes na própria Aparecida e também no próprio Seabra.

Além de escravos dos bestiais instintos, tanto Aparecida como Seabra gostavam de se aporrinhar nas horas vagas, um pouco por ciúme um do outro, e muito por temperamento, Seabra achando que Aparecida não valeria nada sem ele, e Aparecida achando o mesmo, que Seabra sem ela mal passaria de um pobre-diabo nas ruas de Cabo Frio, desmoralizado por suas histórias, as que ele próprio contava e as que contavam sobre ele.

No fim de uma hora no bar do hotel, comecei a me entediar com aquilo tudo, a ressuscitada, as ditas e desditas de Seabra, o decadente. Procurei levar a conversa para o assunto que me interessava e pelo qual estava sendo pago. Não podia me referir uma vez mais à cerveja teutônica, o gancho com que procurara abrir os trabalhos.

Evitando falar da cerveja, falei do forasteiro que Seabra, numa das deixas que me concedeu em suas confissões, considerara feiticeiro. Nos últimos tempos, ele suspeitava que Aparecida estava tendo ou queria ter alguma coisa com o desconhecido que lhe fizera a imagem de Nossa Senhora Aparecida, com a qual ambos retomaram senão a vida comum, a amizade comum, a qual não faltavam os momentos de cama, que eram muitos mas não bastantes para saciar a gula de Seabra.

Mais uma vez entrei no assunto de sola:

– Esse forasteiro... é mesmo feiticeiro?

Seabra não sabia. Talvez fosse, talvez não fosse, havia dúvidas, o precedente da ressurreição de Aparecida era prova de que as coisas podiam acontecer sem acontecer, ou aconteciam sem poder. De qualquer forma, o forasteiro tinha o porte e o silêncio de um feiticeiro, era magro, negro, alto, esguio como um pente, ninguém lhe sabia o nome mas todos apreciavam o seu ofício, havia a obra-prima do navio encomendado pelo banqueiro de Minas, recente e extraordinária atração de Cabo Frio, era agora um dos logotipos da cidade. O fotógrafo de uma revista internacional transformara o "Tiradentes" em cartão-postal vendido agora nas bancas de jornal e nas lojas de suvenir.

E além do navio, havia a imagem da santa que fizera o milagre de descerrar as escamas que toldavam os olhos de Aparecida, devolvendo-lhe novas forças no ofício de médium e antigas fomes na cama.

Aproveitei uma brecha na defensiva de Seabra, que suspeitava de Aparecida estar dando em cima do forasteiro, ou vice-versa:

– Esse forasteiro... andava com mulheres por aí?

– Que eu saiba, não. Mas ouvi dizer que ele passou uma temporada em Búzios... foi visto como uma alemã... uma vagabunda que andava por lá...

XIII

Nosso homem em Havana

Eu caíra num caso complicado, sem saber ao certo o que o Dr. Evandro queria exatamente de mim. O motivo que me dera, o acordo nuclear do Brasil com a Alemanha, podia ter e certamente teria complicações legais e ilegais, mas nada teria com a alemã de coxas teutônicas que desaparecera em Cabo Frio ou Búzios.

Como juntar num mesmo relatório as proezas de Seabra com a madre Teresa de Calcutá em Bombaim, os monsenhores da ressuscitada, o forasteiro que podia ser feiticeiro e que fizera um navio de isopor para um dono de banco e, sobretudo, como explicar o próprio Seabra, tudo isso numa mixórdia que não faria sentido nem para o Dr. Evandro nem estava fazendo para mim? E seguramente para mais ninguém neste ou em outro mundo, que entrava na geléia geral por conta da ressurreição de Aparecida Menezes coberta de monsenhores roxos num caixão branco que comumente é destinado ao uso exclusivo de virgens provadas e comprovadas.

Havia lido, no ano passado, o romance de Graham Greene em que um espião inglês é destacado para Havana, a fim de obter informações para o Serviço de Inteligência da Inglaterra, que suspeitava estar sendo montada em Cuba uma bomba atômica com recursos e tecnologia dos soviéticos.

O espião instalou-se na capital, freqüentava os cabarés de Havana, que como todo o restante de Cuba funcionara antes da revolução de Fidel Castro como um vasto bordel dos norte-americanos. Namorou mulheres locais, passava o tempo no cabaré Tropicana, jogando golfe com milionários das usinas de açúcar, bebendo rum e fumando Partagás especialmente fabricados para personagens importantes – ele se tornara importante porque era inglês e não fazia nada.

Dois, três meses depois, começou a ser cobrado pelo Serviço de Inteligência de Londres, tal como o Dr. Evandro começava a me cobrar. O tempo passava e ele nada mandava para a sede. O que estaria havendo? Havia ou não havia uma bomba atômica sendo instalada em Havana, em Pinar del Río, em Santa Clara ou mesmo em Sierra Maestra? Era importante mandar informes e ele abriu o equivalente de minha Olivetti, que devia ser uma daquelas máquinas de escrever Royal, das antigas, do tamanho de um encouraçado da Marinha de Sua Majestade.

Sem inspiração, sem nada ter apurado, o espião distraiu-se com a arrumadeira do apartamento que alugara. Naquele momento, ela passava o aspirador de pó na sala ao lado. Examinando o aspirador, composto de diversas peças, começou o relatório dizendo que, todas as semanas, em certa hora e em certa direção, passava um gigantesco caminhão conduzindo peças estranhas. E para descrever as peças, ele desenhou, em escala reduzida, o bocal do aspirador, no qual se encaixa o tubo de plástico que suga a poeira do chão.

Recebeu elogios pelo trabalho e foi novamente cobrado, queriam mais detalhes. Na correspondência seguinte, ele mandou, em escala também reduzida, a ventoinha que funciona na parte de trás do aspirador, responsável pelo vento que suga a poeira para dentro do aparelho. E assim, sucessivamente, mandava novos desenhos, peça por peça, garantindo que apenas conseguira ver o translado dos acessórios, mas ainda não podia afirmar que se tratava de uma bomba atômica em fabricação.

Meses depois, recebeu uma correspondência ultraconfidencial do Serviço Secreto. Após as felicitações de praxe pelo trabalho desenvolvido, os técnicos de Londres informaram que fora montado um enorme galpão nos arredores de Folkstone e, nele, seus desenhos foram realizados de acordo com as escalas sugeridas. E o resultado era espantoso: "Nossos técnicos concluíram que estávamos diante de um mecanismo infernal, um equipamento fantástico que parece um aspirador de pó com dimensões descomunais, revelando que os soviéticos estão mais adiantados do que nós, no campo da pesquisa nuclear."

Pensei em imitar o personagem de Graham Greene, mas não tinha um aspirador de pó a mão para me inspirar na correspondência. O que possuía era pouco: um cartão-postal com o navio do banqueiro; alguns monsenhores que comprei na funerária local e que coloquei numa caixinha de plástico transparente, originalmente destinada a orquídeas; alguns mapas da região que encontrei nas bancas de jornais e outros feitos por mim mesmo.

Era pouco, reconhecia. E o Dr. Evandro teria direito de me cobrar mais e melhor. Nada mandei.

Mas mudei de opinião ao passar por uma rua que me parecia abandonada, com velhas casas de pescadores esperando demolição ou restauração. Numa delas havia um cartaz eleitoral, velho de alguns anos, e nele aparecia a cara de Seabra, bem mais jovem e radiante, o nome de seu partido e o número de sua inscrição no Tribunal Eleitoral.

Destacada em cima da foto, uma frase que me pareceu o slogan de suas campanhas: "Seabra conhece este mundo e o outro." Desconfiei que este "outro mundo" fosse uma referência a Aparecida Menezes.

Mandar o cartaz para o Dr. Evandro, com alguns comentários suplementares, seria a prova de que trabalhava com afinco. E se não chegara ainda a obter informações categorizadas sobre a alemã e sobre as ameaças ao programa nuclear do Brasil, dava conta das muitas vertentes que poderiam ser úteis ao desenvolvimento de nossas pesquisas.

Falei em "nossas" pesquisas mas na hora de redigir o relatório, fui modesto e coloquei: "das pesquisas encomendadas."

XIV

A grande bomba que não era nuclear

Não precisei apelar para o recurso do espião em Havana. Bem ou mal, obrigava-me a ser leal ao Dr. Evandro, colega e amigo de meu pai e a quem devia a primeira oportunidade de trabalho, embora o trabalho fosse vago e suspeito naquela busca de informações. Cada vez mais me convencia de que o Dr. Evandro não fora inteiramente sincero comigo, ele falara na concorrência de escritórios rivais que estariam na pista da alemã, mas a desculpa do acordo nuclear Brasil-Alemanha me parecia fantástica.

Apesar de não ter qualquer intimidade com o assunto, achava improvável que um homem como ele, advogado bem-sucedido, titular de um dos maiores escritórios do país, encarregasse um bagrinho como eu para apurar acordos internacionais.

A princípio, poderia parecer um caso de espionagem industrial, militar ou tecnológica, e se assim fosse, dificilmente seria eu a pessoa habilitada a entrar naquele angu que tinha caroço – repito a expressão que o próprio Dr. Evandro usou quando me incumbiu da missão.

Dificilmente Cabo Frio, Búzios, Araruama, Arraial do Cabo, São Pedro da Aldeia, Saquarema e outras localidades da região seriam cenário para intriga de tão grande porte e tão assombrosas conseqüências, envolvendo usinas e armas nucleares. Como juntar no mesmo saco as restrições impostas à Alemanha ao acesso às armas de destruição em massa, com a decadência de Seabra e sua Kombi com quatro alto-falantes, o forasteiro que vendia brinquedinhos de lata e madeira, a ressuscitada que gostava de monsenhores, tudo isso espremido numa faixa do litoral fluminense cuja façanha mais notável fora seu descobrimento por Américo Vespúcio em 1503?

De tão remoto ano para cá, pouquíssima coisa aproveitável acontecera por lá, a não ser a extração artesanal das salinas, os pescadores que moravam em pequenas casas coloniais, as férias que Brigitte Bardot passara por lá e, finalmente, o sumiço de uma alemã louvada por suas coxas teutônicas. Além, naturalmente, da mulher que ressuscitara.

De tanto meditar nesta contradição (um caso internacional em ambiente tão nacional), pensei em interromper o trabalho, dar um pulo no Rio, falar abertamente com o Dr. Evandro, levantar minhas dúvidas, obter instruções mais detalhadas.

Quase fiz isso, mas decidi que enquanto estivesse ganhando um salário e tendo minhas despesas pagas pelo Dr. Evandro, eu me distraía com aquilo tudo. Não é todo dia que se encontra um Seabra. Mesmo decadente, era um ser extraordinário, tão extraordinário que agora se dizia realmente apaixonado pela mulher que o perseguira, o delatara, o difamara (para falar a verdade, Seabra não precisava que o difamassem).

Tudo mudou quando, na manhã de um domingo, olhando da janela do quarto do hotel para a praia, vi uma jovem que acenava para mim, chamando minha atenção, querendo falar comigo. Nunca a tinha visto, em Cabo Frio nem em lugar nenhum. Mas era uma jovem bonita, de cabelos lisos, usando uma calça jeans meio esfarrapada, como era moda, uma blusinha verde mal abotoada, presa na cintura por um laço mal dado.

Desci e, antes de me dirigir ao restaurante para tomar o café-da-manhã, atravessei a pista em frente ao hotel e me dirigi a ela. Perguntei se desejava falar comigo. Disse que sim. Olhei-a com atenção, de perto era mais bonita do que de longe. Antes que achasse estranho o interesse de uma desconhecida por mim, convidei-a para tomar o café-da-manhã comigo, o que ela aceitou de pronto. Tirou o chaveiro da bolsa, dirigiu-se a um carro cor de vinho que estava próximo, trancou as portas.

Fomos em silêncio para o restaurante do hotel, que estava quase vazio, a manhã ia alta e a maioria dos hóspedes havia se mandado para as praias.

Servimo-nos de um bufê bastante remexido, as frutas estavam passadas, o café quase frio, o suco de laranja já havia acabado, sobrara um pouco de cajuada com aspecto cansado.

Mas não estávamos ali para um café-da-manhã suntuoso. Seria apenas o pretexto para saber o que a jovem queria de mim, coisa rara em minha biografia, ninguém quer saber nada de mim.

Ela entrou no assunto:

– Você conhece o Seabra?

– Sim, acho que conheço.

– Há muito tempo?

– Não, coisa de uma semana... menos de uma semana...

– Conhece Aparecida Menezes?

– Ainda não tive a honra... foi a mulher que ressuscitou aqui em Cabo Frio?

– Você acredita que ela tenha ressuscitado?

– Bem.... sou novo aqui... cheguei há uma semana... ouvi histórias... um forasteiro que ninguém sabe de onde veio...

Pensei rápido. A jovem podia ser uma pista inesperada para o meu trabalho. Abri o jogo, um pouco temerariamente, mas abri:

– ... há também a história de uma alemã que desapareceu... não se sabe se aqui ou em Búzios...

– Lugar pequeno tem histórias. Nasci aqui e ouvi muitas lendas... dizem que o fantasma de Américo Vespúcio aparece nas noites de lua cheia, na praia das Conchas...

– Por falar em fantasmas... em lendas... esse tal Seabra... o que contam dele e o que ele conta de si mesmo...

– Não o leve a mal... ele é assim mesmo... fez muitas trapalhadas... no fundo, é um bom sujeito...

– Dizem que está decadente...

– É. Já ouvi isso também. Parece que não é mais o mesmo.

– Você o conhece bem?

– Conheço. Ele é meu pai.

o o o

Abaixei a cabeça para que ela não percebesse o meu espanto. Sabia que Seabra tinha uma filha, com a qual não se dava, que morava longe, com a mãe que se casara novamente. Mas eu não dera importância a isso, afinal, nem Seabra, nem suas aventuras, inclusive a filha, eram prioridades para as informações que eu deveria levar ao Dr. Evandro.

Apesar de ter abaixado a cabeça, a jovem percebeu que eu ficara confuso.

– Admirado? Não sabia que Seabra tinha uma filha? Ele não contou? Outros não contaram?

– Sim... quer dizer... ele mesmo admitiu ter uma filha... mas assim por alto... não entrou em detalhes... aquela história de Guarapari, ele nega que tenha dado uma de louco, não reconhecendo a filha... quer dizer, não reconhecendo você..

– É uma história mal contada, por todos... por ele... por minha mãe...

– Por você?

– Não. Para falar a verdade, não contei esta história para ninguém, nem mesmo para mim.

Acabamos o café e não sabia ainda o que ela queria. Por que me procurara, o que desejava?

Quando voltamos à calçada, ela dirigiu-se para o carro no outro lado da rua. Fez a pergunta de chofre, a mesma que o pai me fizera, dias antes:

– Você é da polícia? De algum jornal?

Disse que não.

Ela me pediu uma explicação para o meu interesse por Seabra.

– Como sabe que estou interessado nele?

– Passei outro dia por aqui, vi a Kombi em frente ao hotel... dei uma espiada no bar, vocês estavam no maior papo, ele falando, falando... e você prestando atenção, como se anotasse tudo mentalmente, ou tivesse um gravador escondido no bolso...

– Fique tranqüila, não tenho qualquer interesse em seu pai... ainda não sei se gosto dele ou não...não estou aqui por causa dele...

– É por causa da alemã?

Fiz esforço para não me mostrar surpreendido. Olhei para a praia, que começava a ficar cheia de gente, as barraquinhas de sol, com suas cores berrantes, contrastando contra a brancura da areia e o azul do céu.

O que devia responder? Se confirmasse, poderia ter nela uma aliada ou uma adversária. O melhor seria negar. Mas senti uma estúpida confiança na desconhecida que aparecera em meu caminho. Resolvi confirmar:

– É. Estou aqui por causa da alemã...

– E ainda insiste em dizer que não é da polícia... nem jornalista?

– Não sou policial nem jornalista... sou...

Fiquei sem saber como me classificar. Dizer toda a verdade seria complicado, ela não entenderia ou não acreditaria que eu era uma espécie de contínuo de luxo do escritório de um advogado do Rio interessado no acordo nuclear Brasil-Alemanha.

– Sou funcionário de uma empresa – menti em parte. – Não vim aqui a trabalho, tirei uns dias de férias, duas semanas, se gostar fico mais um pouco...

– E está gostando?

– Estou começando a gostar.

Ela ignorou a insinuação que entendeu e – acredito eu – parece que apreciou.

– Quer saber alguma coisa sobre a alemã... e mais sobre o Seabra?

– Para falar a verdade, agora estou querendo saber sobre você.

– O principal você já sabe. Sou filha dele. Basta?

– Não. Você me perguntou o que eu estava fazendo aqui, se sou da polícia ou jornalista... agora é a minha vez de perguntar: você, filha de Seabra, o que está fazendo aqui? Rastreando o pai? Tomando conta dele para que não faça besteiras? Tentando se reconciliar com ele?

– Um pouco de tudo isso e muito mais.

– Por exemplo...

– Aquela alemã... é um bom motivo para estar aqui.

Procurei manter-me calmo diante da nova revelação. Então éramos dois os interessados no sumiço da alemã? De minha parte, não tinha nenhum motivo para perder tempo com aquilo, estava ganhando a vida no ofício de empregado do Dr. Evandro, este sim, interessado não exatamente numa alemã de coxas teutônicas, mas nas negociações de um acordo secreto entre o Brasil e a Alemanha.

– Quem vai abrir o jogo primeiro? Eu ou você? – perguntou ela.

– Acho que deve ser você. Afinal, eu não a procurei. Fui procurado. Estava quieto no meu canto. Pensando ou não pensando na alemã, era assunto meu. E o seu? Qual é?

– Fui amante dela... de Kat... Kathryn Wingles Ulmann. Basta?

XV

Prezado Dr. Evandro:

Antes de mais nada, peço desculpas por ter demorado em mandar as informações que o senhor solicitou e para obtê-las (ou captá-las) aqui me instalou. Sem querer valorizar o trabalho, devo dizer que a tarefa não é fácil, Cabo Frio é maior do que pensava e o assunto que me trouxe aqui, aparentemente simples, é de tal complexidade que nem sei por onde começar.

Adotei como método de pesquisa duas referências principais, justamente as que me foram indicadas pelo senhor:

1) O sumiço até hoje não explicado de uma cidadã alemã;

2) O nexo que este episódio poderia ter com o programa nuclear firmado entre o Brasil e a Alemanha.

Começando pelo segundo item: Aqui em Cabo Frio e adjacências, o programa nuclear, objeto das preocupações do Brasil e da Alemanha, e também de suas preocupações profissionais, é compactamente ignorado. Nada se fala ou se ouve a respeito, nem contra nem a favor. Suspeito que os cidadãos locais, e mesmo os adventícios que aqui chegam para desfru-

tar as praias do litoral, ou nada sabem a respeito, ou não têm opinião formada sobre o assunto. Para ser sincero, acredito que a primeira hipótese é a mais provável, o que me leva a adotá-la no atual estágio em que me encontro.

Quanto ao segundo item, realmente houve uma cidadã alemã, conhecida como Kat, mas cujo nome, supostamente verdadeiro, era Kathryn Wingles Ulmann (complicado, não? parece nome de personagem da Agatha Christie), andou uns tempos por aqui, freqüentando praias e bares, fabricando e vendendo bolsas que, desdobradas de certa maneira, transformavam-se em tabuleiros de gamão, jogo que aliás não vi até agora ninguém praticar e eu próprio nunca o pratiquei, de maneira que ignoro o que seja ou como seja um tabuleiro de gamão.

Procurei me informar sobre a cidadã alemã, que segundo um jornal local, A Gazeta do Cabo, *da qual lhe mandarei um exemplar, possuía um par de "coxas teutônicas", o que foi pouco para que eu elucidasse o seu desaparecimento.*

Mesmo assim, após algumas entrevistas com personagens da cidade, consegui levantar três hipóteses. A saber:

a) crime;
b) suicídio;
c) acidente.

Na primeira eventualidade, que é a mais complicada e difícil de apurar, fiquei sabendo que, além de fabricar e vender as tais bolsas, fazia-se passar, como o senhor mesmo me explicou, por ex-modelo de uma revista européia e ex-comissária de bordo da Lufthansa; consumia (e certamente vendia) drogas, tinha vida livre e preferências sexuais estranhas, sendo bissexual, tendo caso até com um feiticeiro local. O senhor poderá estranhar que por aqui exista um feiticeiro, e teria razão, pois nunca houve feiticeiros em Cabo Frio. Até que por aqui chegou um forasteiro negro que ninguém sabia de onde vinha, fabricava e vendia brinquedinhos de madeira, usando o caule de uma palmeira comum na região, chamada "pita", tendo produzido inclusive um navio em miniatura a pedido de um banqueiro que certamente o senhor conhece, e cuja foto, transformada em cartão-postal, tenho o prazer de enviar-lhe.

Para melhor avaliação do cenário físico e espiritual da região, devo acrescentar que além de um feiticeiro, em Cabo Frio há uma mulher que morreu e ressuscitou pouco antes de ser enterrada, transformando-se num oráculo, numa pitonisa, ou, como preferem chamá-la aqui, numa santa que, apesar de manter numerosos amantes e protagonizado escândalos de diversas feituras, é tida como eficaz na cura de doenças, desavenças conjugais, falta de dinheiro e de potência sexual.

Evidente que goza da fama de tudo saber e certamente saberá alguma coisa sobre a alemã desaparecida. Mas não consegui ainda chegar até ela, uma vez que o acesso é difícil, controlado por um indivíduo famoso em toda a região dos Lagos, chamado Seabra (trata-se de um codinome), indivíduo fantástico, que teria tido uma aventura com Madre Teresa de Calcutá, em Bombaim, que afirma e confirma outras tantas façanhas assombrosas, tratando-se obviamente de um mitômano que explorando, ou melhor, tornando-se empresário da ressuscitada, elegeu-se vereador e deputado estadual, posteriormente cassado em ambas as investiduras, mas vive hoje uma fase má, sendo voz corrente de que entrou em decadência — decadência que, segundo alguns, é irreversível.

Na hipótese de crime, a alemã poderia ser assassinada, na soma ou na parcela de tantas coordenadas, pela mulher que ressuscitou dos mortos ou por sugestão dela; pelo feiticeiro; ou pelo próprio Seabra. Há tempos, num caso que obteve repercussão nacional, um empresário paulista matou em Búzios a amante, ex-miss de Minas Gerais. A alemã foi considerada o pivô do crime, era também amante da ex-miss. Seabra foi testemunha de defesa do criminoso, ganhou apreciável quantia em dólares para testemunhar a favor, dólares que deveria dividir com a alemã que lhe confes-

sou as relações sexuais mantidas com a vítima, relações essas que deram motivo ao ciúme do empresário e à consumação do crime.

Consta que Seabra nunca dividiu os dólares com a alemã. Cobrado, e ameaçado pela alemã de denunciar o acordo decisivo na absolvição do criminoso, Seabra teria se livrado da alemã, empurrando-a de umas pedras, jogando-a ao mar num trecho em que as ondas formam um redemoinho conhecido pelos moradores locais como a "Boca do Inferno".

A segunda hipótese seria a do suicídio, consciente ou inconsciente, dado ao abuso de drogas. Quando entrava em onda, ela se sentia atraída pelas ondas do mar, sobretudo as da citada Boca do Inferno. Numa crise de depressão ou exaltação, teria se atirado ao mar para vivenciar uma experiência inédita, única, da qual, aliás, nenhum proveito deve ter tirado.

A terceira hipótese, que pessoalmente me atrevo a adotar, é a do sumiço. De início, ela apreciava andar pelas praias, de biquíni sumário, que pouco a pouco foi reduzido. Sumiu com o sutiã, deixando os seios à mostra, sendo o primeiro caso de topless *de toda a região dos Lagos. Pouco depois, sumiu com a calcinha do biquíni, andando nua pelas praias; e, finalmente, exagerando nos sumiços, ela própria sumiu, inteira.*

Ouvi, de diferentes fontes, variadas explicações para o sumiço. Ela foi vista numa lancha que encostou numa praia deserta, lancha que logo se dirigiu ao alto-mar, onde um navio de grande porte a esperava. Levaria segredos? Drogas? Ou, como ouvi do próprio Seabra, iria voltar para a Alemanha, trabalhar numa das boates do Quarteirão dos Prazeres, em Hamburgo?

Como pode notar, Dr. Evandro, tenho trabalhado bastante e com afinco. Se ainda não cheguei a nenhuma conclusão é justamente pela complexidade do caso. A partir de amanhã concentrarei meus esforços em localizar e conversar com o forasteiro-feiticeiro, testemunha que me parece importante, passou com a alemã uns tempos, quando os dois andavam nus pelas praias.

Fique certo de que não me pouparei para obter as informações solicitadas, pedindo que o senhor considere esta carta um anúncio de novas e importantes revelações.

Atenciosamente,

XVI

Tinha de terminar na cama

Para alguma coisa Seabra, mesmo em fase de decadência, seria útil. Não pelas informações que poderia esperar dele, nem pelos monsenhores que levava para a ressuscitada, tampouco pelas façanhas que contava e negava de acordo com o auditório ou com a conveniência.

Sua utilidade, que pronto tentei ampliar por conta própria, foi o fato de ser pai de Maria Ignês, a filha repudiada, que apareceu inesperadamente em busca de informações, que não as dei por não tê-las, mas dando-me informações tais e tantas que consegui enviar o primeiro relatório ao Dr. Evandro, que já me parecia impaciente, talvez arrependido em me manter naquele serviço para o qual eu não estava preparado.

Não fiz o elementar em matéria de pesquisa: Maria Ignês contou-me o que sabia, o que ouvira dizer, talvez tivesse inventado um ou outro pormenor, sabendo-me ignorante naquela embrulhada toda. Nem me dei ao trabalho de checar as informações recebidas: como nada conseguira até então, tudo era lucro.

Deveria suspeitar de sua parcialidade, sendo ela interessada duplamente naquele caso, como filha repudiada de Seabra e como ex-amante da alemã desaparecida.

Por falar em desaparecida, lembrei que havia uma Aparecida em tudo aquilo. Limitei-me a aceitar o natural ressentimento da moça que tinha e continua tendo motivos suficientes para detestá-la. Precisava procurá-la, ela seria tão importante quanto o feiticeiro, que ainda não localizara.

Minha consciência ficara tranqüila. Não imitei o personagem de Graham Greene que transformou um aspirador de pó em reator nuclear. O relatório que enviei ao Dr. Evandro era baseado em fonte qualificada. Competia-me obter novas informações, cruzá-las e concluir.

Tudo poderia ser mais fácil se, por falta do que realmente fazer de minha vida, não tivesse procurado Maria Ignês mais do que devia. Bem verdade que ela foi a primeira a me localizar, tentando saber notícias do pai, pelo menos foi assim que me apareceu na calçada em frente ao hotel.

Em troca do pouco que lhe dei, ela me deu muito e eu quis mais. O fato de ter sido amante de uma alemã de coxas teutônicas não me repugnava, até certo ponto me excitava. De início, precisava exorcizar a figura de Seabra, pai daquela moça que me atraía. Se tivesse de ir para a cama com ela e, de repente, pensasse no Seabra, certamente brocharia.

Para facilitar as coisas, Maria Ignês percebeu que eu estava a fim de comê-la, e se de um lado não me incentivou, de outro não me desanimou. Ficou no meio-termo, declarando que, apesar de ter sido amante de uma mulher, gostava também de homem. Era bonita, boa de osso (tem um excelente fêmur) e carne bem distribuída. Como suprema vantagem, nada tem que lembre a cara, o corpo e a biografia do pai.

Não precisei de pretextos para me amarrar nela. Buscava informações, Maria Ignês não sabia tudo mas sabia mais do que eu. Percebi certo prazer dela em contar o que sabia ou em inventar o que não sabia, de maneira que neste departamento formamos uma dupla perfeita, que se tornou mais perfeita quando, no dia em que levantou a hipótese do suicídio da alemã, que se sentia atraída pelo redemoinho das águas, perguntou se eu já pensara em me suicidar.

Minha primeira vontade foi dizer que não – o que seria verdade. Mas reconsiderei. Não custava me vender com um pouco de mistério. Fiz uma pausa que, sem querer, me tornou dramático. Admiti, com alguma modéstia:

– Já.

Ela me olhou com interesse.

– Eu também.

Meu primeiro pensamento foi cruel. Filha de Seabra, mesmo repudiada pelo pai, não lhe faltariam razões para se matar. Sem nada comentar, limitei-me a tomar sua mão, apertando-a com força, havia visto um filme em que um casal faz pacto de morte, caminha para um abismo de mãos dadas, na hora do salto, ele aperta a mão dela com força e ambos se salvam.

Funcionou.

Ela entendeu o meu gesto. Não apenas o entendeu, mas deixou que eu lhe apertasse a mão, apertou a minha também, com uma porção de significados. Meia hora depois, sem dar bola para o olhar de reprovação do gerente do hotel, levei-a para o quarto.

Nunca transara antes com uma bissexual assumida. Foi melhor do que podia esperar. Embora não tivesse coxas teutônicas mas um esplêndido fêmur, deu para o gasto, e ela não somente gostou como me aprovou.

Tudo correu bem naquela primeira vez. E só não correu melhor porque, ao acordar, e correr a cortina do quarto que fechara para impedir a claridade forte que vinha do mar, vi na calçada, em frente ao hotel, a Kombi com os quatro alto-falantes direcionados para os quatro pontos cardeais.

XVII

Invasão de privacidade

Maria Ignês já havia contado, no primeiro dia de nosso encontro, o episódio em que fora repudiada pelo pai, num hotel em Guarapari. De lá para cá, pouco vira o pai, que fora internado numa clínica em Sepetiba. A mãe também partira, segundo ela, "para outros destinos", casou-se, levando a filha que somente mais tarde, ali pelos 18, 19 anos, mandou-se também pelo mundo, com o apoio da mãe e do padrasto, que pagavam o que fosse necessário desde que ela vivesse longe deles.

Passara a morar com amigas de colégio e depois de faculdade, nunca deixara de estudar, o que fazia mais por gosto do que por obrigação. Não pretendia ser qualquer coisa, mas gostava de saber e, se possível, saber tudo. Após tentar Medicina, Biologia, Comunicação e Letras, fixara-se no Direito, que lhe parecia mais fácil. Havia faculdades que vendiam diplomas de bacharel para quem tencionasse fazer carreira tanto na advocacia como na polícia, nas funções de comissário ou delegado.

Mesmo assim, nunca esquecera o pai, fixara-se nele, de tempos em tempos – conforme ela própria afirmava – sentia necessidade física de saber o que ele fazia, como vivia, mas sempre à distância, sem encontrá-lo pessoalmente, evitando dar de cara com ele.

Avisei-a que o pai estava próximo, ali na calçada do hotel, farejando a filha e sendo por ela farejado:

– Tem uma Kombi lá embaixo... com alto-falantes...

Ela não reagiu, quer dizer, não saiu da cama.

Perguntei sem maldade:

– Algum problema em se encontrar com ele?

– Não. Nada lhe devo nem ele a mim. Ele nem me reconhecerá... e desta vez será verdade... há anos que não bota os olhos em mim...

– Bem... e se eu contar para ele que conheci a filha... sem entrar em detalhes...

– Por mim pode entrar em qualquer detalhe. Você chama isso de detalhe?

– Isso o quê? O que acabamos de fazer?

– Sim. E tudo o que lhe contei e você contou para o advogado...

Que me lembrasse, nada lhe havia contado sobre o Dr. Evandro, nem sobre o tipo de trabalho que estava fazendo. Nosso relacionamento era de apenas três dias, ela chegara a suspeitar que eu fosse policial ou jornalista, disse-lhe que trabalhava numa empresa, estava de férias, ouvira histórias sobre o desaparecimento da alemã, sobre a mulher ressuscitada, sobre as façanhas do Seabra, ficara interessado, depois a conhecera.

Nem por distração falaria com ela sobre o Dr. Evandro.

– Como sabe que contei tudo a um advogado?

– Quando você foi tomar banho, mexi naqueles papéis, vi rascunhos para um tal Dr. Evandro, uma carta iniciada ali naquela Olivetti vagabunda... desconfiei que você estava me usando mas topei... topei e gostei...

Deveria mostrar desagrado, mas preferi voltar ao assunto principal:

– Bem... seu pai está lá embaixo e...

– ... e eu estou aqui em cima... na cama... com um homem que está fuçando a vida de meu pai e, de certa forma, a minha...

– Não estou fuçando a vida de vocês... nem a de seu pai, muito menos a sua... a questão não é essa... conheci seu pai há uma semana... conheci você há dois dias... o que sei a respeito é pouco mas o bastante para um constrangimento, ao menos para mim, em aparecer diante dele com você...

Ela riu:

– Já disse que o pai não me reconheceria... nem sabe se eu existo mesmo... não faz o gênero dele ficar emocionado ou escandalizado, aliás, ele nunca se escandaliza...

– Bem, se é assim, vou descer... gosto de ouvir as histórias dele... mesmo decadente, é divertido...

– Vai dizer que encontrou a filha dele... alguém que se diz filha dele ... que me trouxe para a cama...

Deixei a janela e só então meditei na minha nova situação: queria descer, ouvir Seabra mais uma vez, mas tinha de deixar a filha dele no quarto, na cama em que eu estava dormindo, coisa que nunca me ocorrera antes, nunca tive relacionamento sério com mulher alguma, sempre evitara deixar algum pretexto para um compromisso. Quando saía de uma cama com uma mulher, fazia questão de sair junto com ela.

Iria descer, bateria um papo com Seabra, se fosse o caso, almoçaríamos juntos, eu o convidaria, depois viria a tarde, eu insistiria para que também jantássemos, e viria a noite, o que faria com Maria Ignês? Ela dormiria outra vez comigo? E amanhã continuaria ali, mexendo nas minhas coisas? Gostara de transar com ela, mas não estava disposto a me envolver com uma desconhecida.

Perguntei se ficaria ali.

– Algum problema? Estava na casa de amigas, lá no Peró... a menos que você me mande embora, prefiro ficar aqui.

– Problema nenhum.

Por mais estranho que fosse, ao responder que não havia problema algum em que ela ficasse ali, pensei no acordo nuclear entre o Brasil e a Alemanha. Este sim, era um problema sobre o qual não fizera avanços apreciáveis, aliás, não fizera avanço algum. Mas não tinha pressa. Nenhuma bomba atômica explodiria por causa da minha preguiça.

XVIII

Um vivo e uma ressuscitada

Desci ao bar, que ficara vazio, com apenas uma das mesas ocupada. Custei a reconhecer Seabra, que estava de costas e parecia deprimido, a espinha caída, vivendo a sua fase má. Ao lado dele, uma mulher que não era jovem nem velha, de cabelos um pouco avermelhados, pintados para esconder os fios brancos que deviam estar começando a nascer. Os olhos eram grandes, grandes demais, quase estupendos, pareciam não fazer parte do rosto, que era regular, mais bonito do que feio. E estranhamente, no conjunto, resultava em mulher madura o suficiente para ser cobiçada, tanto por Seabra como por qualquer um, inclusive por mim.

Os dois estavam em silêncio, acho que nada tinham a conversar, olhavam com fastio os dois copos e a garrafa de cerveja, o pratinho com amendoim e castanhas de caju. Pareciam esperar alguém. Só não podia imaginar que esse alguém fosse eu.

A apresentação foi rápida e quase desnecessária:

– Esta é a Aparecida... já falamos sobre ela...

Apertei a mão que me foi estendida, confesso que senti alguma coisa de estranho no rápido encontro de mãos, parecia ao mesmo tempo uma luva sem nada dentro e uma lâmina de gelo que começa a derreter.

Seabra apresentou-me como amigo recente mas conhecido antigo. Para meu espanto, disse que eu era advogado e jornalista, duas funções que eu negara com veemência.

O garçom trouxe mais um copo e outra cerveja. Exigi uma Teutônica, mas nem Seabra nem a mulher deram importância à troca, estavam bebendo uma outra, e quando pronunciei a palavra "teutônica" olhei bem o rosto de Aparecida, para ver se alguma coisa se mexia, revelando intimidade com o assunto que me levara a Cabo Frio.

Não foi uma conversa interessante, pelo menos até a hora em que passamos ao restaurante para jantar. Aparecida pediu vinho e bebeu a garrafa inteira antes de a comida chegar. Bebera bastante cerveja antes, mesmo assim não parecia bêbada, mas não se podia dizer que estava sóbria. Falava demais e Seabra adotava, diante dela, uma atitude submissa, que revelava ao mesmo tempo a sua decadência e o seu sentimento em relação a ela.

O mundo dera tantas voltas, Seabra, dera tantas e tamanhas voltas, e ali estava o homem apaixonado, como um coelho molhado diante de uma grande loba, esta sim, imponente, querendo saber o que realmente um advogado que acumulava as funções de jornalista estava fazendo em Cabo Frio, jantando com Seabra, que aparentemente deveria jantar todos os dias, mas não com alguém como eu, de tamanho e tão imponente porte.

Quando foram embora (fiz questão de ver a Kombi sumir na curva da praia que leva à cidade), antes de voltar para o quarto e enfrentar a noite com Maria Ignês, dei voltas em torno do hotel, colocando em ordem tudo o que ouvira durante o jantar. Deveria começar um novo relatório para o Dr. Evandro, mas com a moça na minha cama ia ser difícil, ela desejaria ler o que estava escrevendo.

Difícil também foi colocar em ordem as revelações que Aparecida fizera. A começar pela negativa de sua ressurreição. Nunca – jurou ela – se passara por morta e ressuscitada, Seabra é que inventara a história na qual, por misterioso desígnio do local e da época, todos acreditaram. Quando bebia um pouco, ela própria quase chegava a acreditar, mas não tirara proveito algum de sua estranha condição, mal não fazia aos outros e bem fizera muito, reconciliando casais, curando males do corpo e do espírito.

Amava Seabra acima de tudo, poucas e boas fizera com ele, e ele as fizera muitas e más, merecera as sacanagens que montara contra o amante infiel e desastrado, mas o amava e o aceitava, agora que ele entrava numa fase difícil, uma fase que todos consideravam de decadência, mas ela, que bem o conhecia, sabia que era o tempo da reflexão, da tomada de consciência, embora fosse problemático atribuir a Seabra qualquer tipo de consciência.

Para ser sincero, ouvi as revelações com tédio, Seabra não mais me interessava, sabia dele o bastante, espremera-lhe o sumo, restava um bagaço que podia desdenhar. Aproveitei o entusiasmo de Aparecida para lançar algumas palavras-chave que a fizessem falar sobre o que importava. A menção da cerveja Teutônica não teve resultado: ou ela não entendeu ou entendeu e ficou na mesma, sem embarcar naquela pista.

No meio do jantar, contudo, tive sucesso com outra palavra-chave, que funcionaria como um código. Aproveitando que na mesa ao lado alguém pedira bananas flambadas, com o maître acionando um fogareiro a álcool que levantou enorme labareda até o teto, comentei que aquele ritual pirotécnico parecia feitiçaria. Creio que repeti a palavra "feiticeiro" diversas vezes, até que ela se decidisse a tomar conhecimento de minha alusão.

– O senhor já ouviu falar no feiticeiro? Um forasteiro que é também feiticeiro?

Ia responder que não, mas conhecera Seabra justamente quando, no Mercado do Peixe, procurava por um forasteiro chegado à cidade, e Seabra fazia o mesmo, embora por diferentes motivos.

Aparecida caiu na armadilha e falou, falou mais do que eu esperava e precisava. Ouvi e guardei o que me interessava, enquanto Seabra parecia nada ouvir, ou porque já ouvira antes, e em demasia, ou porque nada daquilo tinha a ver com ele. Decadente embora, estava feliz desde que voltara a amar a ex-ressuscitada e a ser por ela amado.

Voltei para o quarto quase à meia-noite. Maria Ignês dormia, as coxas de fora, fazia calor e ela se esparramara, como se dona fosse da cama e de mim. Deixei para o dia seguinte o novo relatório para o Dr. Evandro, que deveria sair mais sustancioso com as revelações que obtivera de Aparecida.

Ao empurrar Maria Ignês para deitar-me, ela acordou e quis mais. Dei-lhe mais, e merecidamente. Tinha realmente um fêmur excelente, que fazia suas coxas longas – e assombrosas.

XIX

Prezado Dr. Evandro:

Fiz novas e importantes pesquisas que resultaram em novas e importantes descobertas sobre o desaparecimento da alemã, embora nada tenha progredido no que diz respeito ao acordo nuclear entre o Brasil e a Alemanha. Acredito que ainda chegarei lá, uma vez que as coisas estão se precipitando, mais ou menos por acaso, embora eu tenha procurado ajudar o acaso, como é de minha obrigação e vontade.

No estágio em que me encontro, entre as três hipóteses sobre o desaparecimento da cidadã teutônica (crime, suicídio ou acidente) inclinar-me-ia pela opção do crime. Um crime que poderia ser considerado passional ou ritual, como logo o senhor poderá constatar.

Deu-se que ouvi de fonte segura, aliás seguríssima, que em Cabo Frio chegou, àquela época, um forasteiro que estendeu um plástico azul num dos lugares mais freqüentados do centro da cidade, o Mercado do Peixe, e ali começou a vender brinquedinhos feitos de madeira ou lata — conforme já lhe informei em relato anterior.

Por encomenda do Seabra — do qual também já lhe dei conhecimento detalhado — dito forasteiro fez uma imagem da Virgem Aparecida para presentear uma de suas amantes, por quem voltara a se apaixonar, que nada mais nada menos é a mulher que ressurgiu dos mortos e inaugurou bem-sucedida carreira com espíritos e seus assemelhados.

Dita imagem causou um efeito espantoso. A ressuscitada ressuscitou seu antigo amor por Seabra, admitindo que nunca deixara de amá-lo, apesar das numerosas sacanagens que fizera contra ele, denunciando-o diversas vezes como charlatão, corrupto, devasso e mitômano. Atributos que Seabra nega, mas sem convicção.

Recebendo a imagem feita pelo forasteiro, a ressuscitada farejou poderes sobrenaturais no autor da mesma, exigindo de Seabra que lhe apresentasse o forasteiro, que na realidade deveria ser, na opinião dela, um poderoso feiticeiro.

Consta que Seabra conseguiu, embora de má vontade, levar o forasteiro, já na condição de feiticeiro, à mulher que amava, e com pior má vontade, Seabra presenciou a sedução da mulher, que arrastou o feiticeiro para a cama e com ele transou repetidas vezes.

Tratava-se, convém assinalar, de um negro, que todos comparavam a um pente esguio e comprido, bom de cama mas ruim de cabeça. Ao que parece, desconfiou que podia dar confusão o fato de transar com a mulher nas barbas do amante que, por sinal, não tem barba alguma. Daí que resolveu escafeder-se, levando o plástico azul para o vizinho distrito de Búzios, onde obteve igual sucesso com os brinquedinhos de lata e madeira, a ponto de fazer concorrência com uma alemã que lá vivia pelas praias vendendo bolsas que se transformavam em tabuleiros de gamão, além de drogas pesadas e leves, que lhe eram fornecidas por traficantes que freqüentam o pequeno e suspeito porto de Arraial do Cabo

Não me explicaram como as coisas se passaram, mas alguma coisa aconteceu aos dois, à alemã de coxas teutônicas e ao forasteiro esguio e comprido como um pente. O fato é que passaram a ser vistos pelos locais mais afastados dos centros de turismo. E como a alemã, como já foi dito, costumava andar nua pelas praias desertas, o forasteiro, não se sabe se por conta própria ou por insistência da mulher, também começou a andar nu.

Não chegavam a causar escândalo, tudo ali é considerado normal, a natureza ajuda o comportamento igualmente natural, e tudo ficaria na normalidade da natureza se não houvesse um elemento anormal e imprevisto naquilo tudo.

Alguém, provavelmente um outro forasteiro, recentemente chegado à região, não suportou ver todos os dias as coxas teutônicas da alemã, e muito ficou insultado quando percebeu que a mesma andava nua ao lado de um negro também nu, pelas praias mais afastadas, curtindo a beleza da paisagem e curtindo-se reciprocamente, transando de quando em quando, sempre que lhes dava vontade e houvesse um mínimo de espaço entre as rochas de que o litoral daqui é pródigo.

Tendo o recente forasteiro seguido os dois até um local chamado "Boca do Inferno", e assistido a mais uma trepada, esperou que o forasteiro mais antigo dormisse, estendido ao sol, saciado das coxas e demais apetrechos teutônicos.

Aproximou-se, tentou violentar a mulher, tapando-lhe a boca para que não gritasse. A mulher resistiu, resistiu tanto que o forasteiro não teve outro recurso senão empurrá-la para as águas que ali formam um redemoinho, do qual ninguém conseguiu até hoje escapar e que deu nome e fama ao local.

Quando o forasteiro mais antigo acordou, nada mais viu nem havia para ver. Desconfiou que a alemã sumira mais uma vez, fazia o gênero dela. Tomara rumo ignorado.

Voltou para Búzios, mais tarde também sumiu (as coisas aqui costumam sumir. Existem por um tempo e depois deixam de existir, somem). Começaram a murmurar que ele sacrificara a alemã num ritual de magia negra. Sumido está até agora, não sendo visto em nenhuma parte, embora procurado pela polícia, por Seabra e, mais recentemente, por mim.

Esta comprida e insensata história parecerá fantástica ao senhor, como a mim pareceu, mas a obtive de fonte confiável, nada mais nada menos do que da própria ressuscitada, com quem ontem jantei em companhia de Seabra, que tudo ouviu, aprovou e confirmou.

Como disse acima, de todas as hipóteses formuladas (crime, suicídio ou acidente) esta é a única que tem uma versão historicizada. E à falta de melhor, por ora dou-lhe provisório crédito.

Atenciosamente,

XX

Manuel Firme e o acordo nuclear

Neto de escrava, Manuel Firme nunca entendera nada da vida, a dele e a dos outros. A começar pela dualidade de nomes de sua mãe. Para todos os efeitos, ela se chamava Dalva, mas o patrão Augusto Menezes mudou-lhe o nome, só a chamando de Pompéia. Nunca foi devidamente explicada a mania do velho que morreria de repente, num Domingo de Ramos. Não era homem mau, mas esquisito, cheio de manias, inclusive a de ter horror a aranhas, que por sinal eram escassas em seus domínios.

Quanto ao Firme, que Manuel adotou ou foi obrigado a adotar, também era carente de explicação. Daí que Manuel não conheceu o pai, nem fez questão de conhecê-lo, para não se aporrinhar. Quando se descobriu como gente, ali pelos quatro ou cincos anos, morava na casa de Augusto Menezes, que já era velho e possuidor das numerosas e já citadas manias, entre as quais, o horror a aranhas era a mais notável.

Aos quatro ou cinco anos, o universo de Manuel Firme foi aumentado com a sobrinha de Augusto, filha de um irmão dele, que se envolvera em contrabando de uísque e carros de luxo. Tinha a mesma idade de Manuel, não era má pessoa, ou ainda não tivera tempo e oportunidade para ser má.

Conviveram durante anos, a casa era grande, com enorme quintal, Manuel ocupava um barraco que Augusto mandara fazer para abrigar mãe e filho. Aos poucos, a mãe deixou o filho sozinho no barraco e foi ficando na casa com o velho. Durante o dia varria, lavava roupa e cozinhava, vasculhava todos os cantos para ver se havia teias que denunciassem uma aranha.

À noite, dormia num canto da despensa, posteriormente no próprio quarto do patrão. Alegando o pavor de aranhas, Augusto queria ter perto uma pessoa que o salvasse e, passado o susto, o consolasse.

O tio de Aparecida ia ficando cada vez mais velho e cheio de manias. Além do pavor das aranhas, tinha medo de passar mal enquanto dormia, tivera um parente que morrera durante o sono, ficara morto na cama até o cair da noite seguinte, quando a mulher precisou dele para trocar um fusível queimado que deixara metade da casa sem luz. Só então descobriu que o marido havia morrido.

Augusto temia e tremia ao lembrar desse episódio familiar. Quando tomou Pompéia como empregada, a primeira coisa que lhe ensinou foi trocar os fusíveis. Posteriormente, para melhor se garantir, também ensinou Manuel Firme a trocar fusíveis.

Ali pelos 12, 13 anos ocorreu a diáspora dos Firmes: a velha adoeceu e foi internada no Hospital São Francisco de Paula, na antiga zona do Mangue, de onde seguiu sem escalas para o Caju, sepultada numa cova rasa. Foi registrada nos papéis do cemitério simplesmente como "Pompéia".

Após a morte da mãe, Manuel recebeu não se sabe se um conselho ou uma ordem para ir embora, Augusto precisava repor o cargo e encargos de Pompéia, arranjou uma mulher bem mais moça, que se chamava Isaura, mas logo Augusto exigiu a troca de nomes, declarou-se cansado para aprender e guardar novidades. Não podia alojar a nova Pompéia dentro de casa, pelo menos nos começos. Precisava do barraco mas não podia botar Manuel dormindo com ela na mesma cama.

Certa tarde, Augusto foi ao quintal e viu Manuel e a sobrinha juntos, o rapaz ajudando-a a empinar um papagaio, coladinhos um no outro, as mãos se tocando na linha que comandava, lá no alto, uma pipa verde e amarela, produzida com capricho pelo próprio Manuel Firme.

Soprou naquele instante uma brisa, leve, mas bastante para levantar o vestido da sobrinha. Pela primeira vez, então, Augusto reparou que a menina se tornava moça, as pernas tomavam formas. Não queria patifarias dentro de casa e Manuel já devia ter tudo o que precisava para convencer a guria a tomar nas coxas.

No dia seguinte, Manuel Firme se viu sozinho na rua. Segundo Augusto Menezes, ele precisava aprender como era a vida. Apesar de muito se esforçar, não o conseguiu. Até o dia em que chegou a Cabo Frio. Ouvira dizer que iam construir uma usina nuclear ali.

Estava mal informado, o que era comum em sua vida. Os jornais falavam que o Brasil faria um acordo com a Alemanha e iria construir uma usina nuclear em Angra dos Reis. Seria aberto um grande mercado de trabalho. Um sujeito que Manuel encontrou num bar, em Vila Isabel, e com quem trabalhara uns tempos como apontador de obras na construção civil, garantiu que a oferta de emprego seria farta e bem remunerada, havia alemães metidos na jogada, gente boa e trabalhadora, onde alemão botava a mão a coisa ia.

Fraco em geografia, como em tudo mais, Manuel achou que Angra dos Reis e Cabo Frio eram a mesma coisa. E para lá se dirigiu, com uma pequena mala e grande experiência em passar dificuldades. E como era mesmo mal informado, não podia estar devidamente informado sobre as dificuldades que ali enfrentaria.

XXI

O encontro das águas

Manuel Firme nunca tinha ido a Cabo Frio. O mais longe a que chegara fora a Saquarema, onde durante um verão vendeu sanduíches e biscoitos de polvilho na praia e foi fotografado por uma revista que fazia reportagem sobre as maravilhas do litoral fluminense. Naquele momento, Manuel atendia uma garota de biquíni e o fotógrafo pediu autorização para compor a foto, orientando os dois, vendedor e freguesa, num certo ângulo que pegava as ondas que ali são fortes, quando arrebentam na areia.

Os dois posaram de boa vontade. Na semana seguinte, Manuel comprou a revista e guardou o recorte numa carteira em escombros com seus poucos documentos pessoais, que já estavam igualmente em escombros. Sempre que podia, mostrava a foto como um diploma, uma relíquia, um documento que justificava sua presença no mundo.

Nada conhecia de Cabo Frio. Mais por instinto do que por vontade, dirigiu-se ao local que lhe pareceu mais movimentado, uns barracos de madeira quase dentro do canal que naquele trecho corta a cidade em duas. O cheiro revelava que ali se vendia e escamava peixes. Não seria difícil arranjar um biscate, alguma coisa que o sustentasse até que conhecesse melhor a situação e procurasse a tal usina nuclear e os alemães que a construíam à revelia das leis internacionais – detalhe que Manuel Firme ignorava. E mesmo se não ignorasse, daria na mesma.

Falou com um e com outro. Sem esforço conseguiu trabalho para o dia seguinte. Precisaria madrugar, os barcos chegavam cedo do alto-mar, havia leilão do pescado e logo chegavam os donos de restaurantes que faziam reservas, levavam os melhores robalos e chernes, depois sim, vinha o público em geral, a faixa mais difícil de atender, fazia exigências de preço e qualidade, havia necessidade de auxiliares para escamar, limpar e cortar os peixes em postas.

O ofício não era atraente nem digno dele, mas servia para passar uns dias sem gastar o pouco dinheiro que guardara da indenização trabalhista do último emprego, porteiro de um edifício no Flamengo, onde durante dez anos morava de graça num pequeno quarto na cobertura do prédio. Ganhava pouco mas gastava pouquíssimo.

Curiosamente, tão logo fechou as negociações com o seu novo e provisório empregador, notou que estava sendo observado por um homem bem-vestido, que parecia ser um forasteiro como ele. De início, pensou que era só impressão, o homem olhara para ele por acaso, mas logo notou que havia insistência naquele olhar.

Atravessou a praça e dirigiu-se a um bar ao lado da igreja, precisava comemorar o emprego obtido. Pediu uma cerveja. Ao tomar o primeiro gole, percebeu que o mesmo homem estava a seu lado, olhando-o desta vez ostensivamente, sem disfarçar que estava olhando para ele.

Adivinhou, e adivinhou certo, que seria abordado e decidiu beber a cerveja rapidamente, como se estivesse com muita sede e não para comemorar o feito daquele dia. Quando esvaziou a garrafa, foi surpreendido com a oferta:

– Posso pagar outra cerveja? Também estou com sede...

Manuel Firme, como as moças de família dos tempos antigos, não gostava de falar com estranhos. Mas o convite fora tão cordial, tão inocente, que ele aceitou, afastando-se do balcão para que o homem se aproximasse e ficasse a seu lado.

Veio a cerveja, que o desconhecido, para espanto de Manuel Firme, recusou. Para ele qualquer cerveja servia, mas o homem exigiu uma especial:

– Por favor... uma Teutônica... bem gelada...

Manuel Firme gostou dele. Ainda mais porque, enquanto esperavam pela nova cerveja, o sujeito informou:

– É a melhor... Teutônica... feita por alemães...

Manuel Firme controlou-se para não mostrar excitação. Arriscou uma pergunta que lhe parecia óbvia, inocente:

– Tem muito alemão aqui?

O homem respondeu com outra pergunta:

– É novo em Cabo Frio? Eu também sou novo... aliás, só estou de passagem... e por coincidência, estou procurando uma pessoa... acho que finalmente encontrei...

Manuel Firme não acreditou no que ouviu. Alguém procurara por ele? Não podia ser da polícia, tinha o prontuário limpo, limpíssimo, nada fizera que pudesse interessar a um estranho, um sujeito bem tratado, bem trajado... e abastado o suficiente para pagar cerveja a um estranho.

Ficou sem nada dizer e esperou que o outro melhor se explicasse. A Teutônica pedida obrigou-os a um silêncio comemorativo, chegaram a fazer um pequeno gesto com os copos, como se brindassem o encontro.

Após o primeiro gole, o estranho novamente perguntou:

– Então, decidiu voltar... depois de tanto tempo... o pessoal andava sentindo sua falta... mas amanhã teremos o plástico azul estendido ali junto ao Mercado do Peixe... você é um artista... aquele navio do banqueiro é agora cartão-postal da cidade...

Manuel Firme bebeu um gole demorado de cerveja para não revelar seu estupor. Plástico azul? Navio de um banqueiro? Ia pedir esclarecimentos mas não teve oportunidade. O homem continuava falando:

– E Búzios? Como está? Muito bonito, mais bonito do que aqui... mas lá não tem muita coisa além das praias... aquelas rochas escarpadas... volta e meia alguém escorrega e cai... desaparece nas águas...

O homem olhou fundamente Manuel Firme para ver se descobria alguma reação com aquela enxurrada de fatos e feitos. Tímido, teve receio de dizer que havia um engano naquilo tudo, não era quem o estranho julgava que fosse.

Veio nova pergunta, em voz baixa:

– E aquele negócio? Continua prosperando? Sua fama de feiticeiro está se espalhando... já ouvi comentários...

Antes que o assunto entrasse em território tão alucinado, Manuel Firme decidiu se explicar:

– Nunca fui feiticeiro... sou católico, fiz primeira comunhão, volta e meia costumava freqüentar um terreno do candomblé, gente do bem... mas já faz tempo... não tenho nada com a feitiçaria, para ser sincero, tenho até medo...

O homem parecia não ter ouvido:

– Entendo... entendo... voltou para Cabo Frio.... vendendo seus brinquedinhos... a imagem que fez para a mulher que ressuscitou... tem razão ... voltou para o bem...

Manuel Firme tomou coragem. Bebera o suficiente para destravar a língua:

– O senhor me desculpe, mas não sou quem está pensando... não tenho nada de feiticeiro... nunca estive em Búzios, cheguei do

Rio agorinha mesmo... arranjei serviço no Mercado do Peixe, começo amanhã... de madrugada... limpar, escamar peixes... mas não estou aqui para isso... vim por outra coisa... sabe, a usina nuclear que os alemães vão construir...

Foi a vez do homem se engasgar com o último gole de cerveja. Olhou novamente Manuel Firme, com admiração, mais admiração do que espanto. Pagou a despesa e disse que o procuraria no dia seguinte, tinha muito o que conversar, mas nada a ver com os peixes. Conseguira fisgar o seu próprio peixe.

XXII

Areias de Portugal

Prezado Dr. Evandro:

Deus existe! Consegui uma pista que considero valiosa para as nossas pesquisas. Conforme relatei em informes anteriores, estava perdendo tempo com personagens secundários, que constituiriam o entorno do nosso trabalho. Seabra, a mulher ressuscitada, o navio do banqueiro – tudo era afluente de um rio maior e mais profundo, que é o nosso objetivo.

Não posso dizer que foi por acaso. Muito fiz para ajudar o destino que afinal me colocou diante de um personagem que, segundo penso e muita gente aqui também pensa, é testemunha ocular do desaparecimento da alemã por crime, suicídio ou acidente. E mais: pela primeira vez, ouvi alguém mencionar, bem verdade que aleatoriamente, o acordo nuclear do Brasil com a Alemanha. Como aquele marujo da Nau Catarineta, posso exclamar com júbilo:

Alvíssaras, meu capitão,
meu capitão-general,
que avistei terras de Espanha,
areias de Portugal!

Encontrei afinal o forasteiro-feiticeiro, o negro esguio e comprido como um pente, que andava sumido e agora reapareceu. Sem forçá-lo, sem nada insinuar, ele próprio se referiu à usina nuclear, aos alemães.

Foi tamanha a minha emoção que decidi não pressioná-lo, a fim de não despertar suspeitas. Creio que ele, muito escolado nas artes da feitiçaria, também não abriu o jogo, fez menção à usina, aos alemães, mas tirou o corpo fora, negando ser feiticeiro, fingindo que nada sabia de nada, nem do Seabra, nem da ressuscitada, da mulher de coxas teutônicas com a qual teve caso em Búzios. Deve ter sido a última pessoa a vê-la com vida, tenha ela sumido por crime, suicídio ou acidente.

Tentou despistar, dizendo que amanhã começará a trabalhar no Mercado do Peixe, não com o seu plástico azul e seus brinquedinhos de madeira e lata, e sim como simples limpador e descamador de peixes.

Mas, habemus papam! Temos o papa!

Ele estará no Mercado, sem falta, amanhã pela madrugada, que o serviço ali começa cedo. Farei contato com Seabra e promoverei um encontro dos dois. Como já lhe informei, Seabra também o procurava, embora por outros motivos.

Além do mais, tenho agora a ajuda da filha de Seabra, que por aqui apareceu em busca de notícias do pai e que também conheceu a alemã, admitindo até mesmo ter tido um caso com ela.

Estou em bom caminho e logo logo poderei chegar ao núcleo que nos interessa.

Atenciosamente,

P.S. Se não for abusar de sua generosidade, e em face das despesas que sou obrigado a fazer (paguei um jantar para o Seabra e a ressuscitada, duas cervejas para o feiticeiro), gostaria de receber algum adiantamento por conta do serviço contratado. Pode mandar o dinheiro para a agência do Banco do Brasil, aqui de Cabo Frio.

XXIII

Jack, o Estripador

Zé Mário amanheceu naquela quarta-feira fazendo um balanço de sua estranha e ainda não engrenada missão. Chegara a Cabo Frio havia dez dias, mandara relatórios ao Dr. Evandro, na base do chove-não-molha, dera um pulo em Búzios, onde tomara conhecimento da cerveja Teutônica mas pouquíssimo progredira em relação às coxas igualmente teutônicas da alemã desaparecida, embora tivesse tomado conhecimento de uma mulher que ressurgira dos mortos e se chamava Aparecida.

Pela ordem, conhecera também alguns personagens locais de importância mas que aparentemente nada tinham com a sua meta principal, que era o acordo secreto entre o Brasil e a Alemanha para a construção de uma usina nuclear.

Conhecera Seabra, o suficiente já, pouco a pouco reconstituíra seu passado e tomava intimidade com o seu presente, marcado pela atual decadência. Conhecera a citada Aparecida, ainda sem detalhes, mas o bastante. Caída dos céus, fora de sua agenda de trabalho, viera Maria Ignês, e se é verdade que a conhecera razoavelmente bem na cama, tudo o que ela lhe revelara ficara para posterior checagem.

Também caído dos céus ou subido dos infernos, surgiu Manuel Firme, que teria a chave de todos os mistérios que incluíam desde a alemã de coxas teutônicas até a usina nuclear que, de alguma forma, seria igualmente teutônica.

Naquela quarta-feira, dia que ele sempre considerara de sorte, e na décima etapa de suas investigações, número que também considerava de sorte, tinha duas missões a cumprir. Procurar Manuel Firme no Mercado do Peixe, onde deveria estar descamando robalos, chernes e garoupa desde a madrugada; e provocar um encontro entre Maria Ignês e Seabra, que todos os dias, na parte da manhã, dirigia-se ao Mercado do Peixe para ver se o forasteiro-feiticeiro ali armara o plástico azul e voltara a fabricar brinquedinhos de madeira e lata. Evidente que a filha reconheceria o pai, embora não fosse reconhecida por ele.

Foram juntos – ele e Maria Ignês – para o Mercado, e como nada lhe contara sobre o feiticeiro, disfarçou o que pôde, comprando uma tainha, peixe de pobre, que não precisaria comer, pois fazia refeições no hotel. Mas teve um pretexto para que Manuel Firme notasse que ele estava ali no pedaço, e tão logo acabasse de limpar os peixes, teria prazer em lhe pagar algumas cervejas.

Nada disse a Maria Ignês, que ficou espantadíssima ao ver que Zé Mário comprava uma tainha já descamada e cortada em postas. Perguntou se era para dar a alguém e ele disse que sim. Entre jogar na primeira lata de lixo uma tainha fresquinha, cheirando a mar, ou fazer a boa ação de dá-la a um pobre, ele ganharia pontos com a recente companheira, subindo em seu conceito.

Disse uma frase pomposa, para impressioná-la:

– Não se deve dar um peixe a um pobre. Deve-se ensiná-lo a pescar.

Pensou mais um pouco e acrescentou:

– Dar um peixe pode não resolver o problema do faminto mas resolve o meu problema.

– Bem... eu pensei que você tivesse outro tipo de problema... encontrar o feiticeiro.... a alemã... contar tudo para esse tal do Dr. Evandro...

– Vamos por partes, como Jack, o Estripador...

– Aquele tarado de Londres que matava mulheres e as cortava em pedaços?

– Esse mesmo. Mas falei por falar, como técnica de exposição. No que me interessa, tudo se mistura, é uma coisa só. O feiticeiro que eu procurava está ali, descamando peixes e esperando a hora de tomar umas cervejas comigo... saberei coisas importantes... e mais importante ainda é esperar pelo Seabra... que também está louco para encontrar o feiticeiro... de quebra, como prêmio de consolação, ele encontrará a filha que renegou... será um encontro histórico...

– ... que dará um bom relatório para o Dr. Evandro... Honestamente carrego desde a infância o trauma de ter sido renegada pelo pai, fucei a vida dele toda, achava que seria um assunto meu, mas note bem, um assunto meu, exclusivamente meu... e agora vejo que ele se tornou importante também para gente estranha... para você... para esse tal Dr. Evandro...

– Não estou aqui por sua causa, nem por causa do Seabra. Por mais interessante que ele possa ser, não me diz nada... meu problema, já lhe falei, é a alemã...com quem você admite ter tido uma relação... e por mais que pareça absurdo... o acordo nuclear do Brasil com a Alemanha. Tenho de juntar todos os pedacinhos de um quebra-cabeça esquartejado por um Jack qualquer. Você ficou importante por causa de você mesma. Sabe, suas pernas... gosto de seu fêmur... O Seabra é importante por ser, ele próprio, o Seabra. E há a mulher que ressuscitou... o feiticeiro... muita coisa, muitos pedaços soltos por aí, bailando no espaço, diante de mim... me provocando... me convocando...

Zé Mário olhou para o Mercado do Peixe para ver se Manuel Firme continuava lá, descamando tainhas, e ficou surpreendido: sem que percebesse, Seabra também estava lá, observando a mesma coisa, o forasteiro-feiticeiro raspando, com enorme facão sujo de sangue, um peixe que nem parecia peixe, mas um animal pré-histórico, disforme, a cabeça maior do que o corpo.

Pensou em se aproximar mas lembrou-se novamente de Jack, o Estripador, e decidiu ir por partes. Primeiro, apresentaria Seabra à filha que ele renegara, quando gozava em toda a sua glória o prestígio de suas façanhas, as reais e as imaginárias. Estando agora decadente, bem possível que a reconhecesse.

Depois atacaria a outra parte, apresentaria Seabra ao forasteiro e saberia o motivo daquela procura que lhe parecia inexplicável, um personagem do porte e com a biografia de Seabra, perdendo tempo e paciência atrás de um forasteiro que talvez nem fosse feiticeiro.

Finalmente, na terceira e mais importante parte, e pagando novas cervejas a Manuel Firme, descobriria alguma coisa relativa aos alemães que estariam montando uma bomba atômica na região.

Perfeito. O Dr. Evandro teria orgulho de ter apostado nele. Até então não passara do filho de um ex-colega do advogado famoso. Servia café, ia ao foro levar ou buscar processos, atendia ao telefone, cumpria tarefas delicadas e pessoais que iam da missão de comprar frutas-de-conde para a amante do seu protetor até redigir dizeres para as faixas de coroas funerárias que homenageassem qualquer desembargador que viesse a morrer.

Agora, não.

Pelo dedo se conheceria o gigante.

XXIV

Um pò di chiesa

Esperou que Seabra se afastasse do Mercado de Peixe. Notou que ele não reconhecera o feiticeiro no negro que descamava tainhas. Seabra não lhe dera importância, nada lhe perguntara, ficou apreciando a habilidade de Manuel Firme no ofício. Além de fabricar brinquedinhos de lata e madeira, ter construído a obra-prima que era o "Tiradentes" do banqueiro de Minas, ter feito a imagem de Nossa Senhora Aparecida que desbancara o Caboclo Ventania na preferência da ex e atual amante, o feiticeiro sabia descamar peixes!

De cabeça baixa, Seabra afastou-se e continuou sondando o local, aparentemente à procura de alguma outra coisa ou pessoa.

Boa oportunidade para aproximar-se. Sabia para onde Seabra se dirigia àquela hora: à Flora do Canal, única loja que vendia flores em Cabo Frio. Iria comprar os monsenhores que levaria para a ressuscitada. Devia estar dando o dia por perdido.

Zé Mário pediu que Maria Ignês entrasse na igreja, ao lado do cinema que, tal como a Flora do Canal, era o único da cidade. Lá esperasse por novidades. Se desejasse, podia orar para que tudo desse certo aos seus santos preferidos – se acaso os tivesse.

Ela se dirigiu à igreja, mas estava de short, as coxas de fora, havia uma beata na porta para impedir que veranistas entrassem em trajes de banho.

No canteiro principal da praça, um sujeito vendia toalhas espalhafatosas que poderiam servir tanto de toalha mesmo, como de saída de praia. Custavam barato, Maria Ignês comprou uma, amarela e marrom, com um sol vermelho no meio, ajustou-a na cintura, tampando os grandes fêmures e as carnudas coxas. Conseguiu vencer a vigilância da beata que aprovou não apenas a escolha, mas a boa vontade em obedecer à compostura de um templo.

Enquanto ela esperava na igreja, Zé Mário entrou ao mesmo tempo que Seabra na Flora do Canal.

– Está me seguindo?

Por um momento, Seabra voltou a suspeitar que Zé Mário fosse policial ou jornalista. Estava com um mau humor adequado à sua fase de decadência.

– Passei pelo Mercado, fiquei esperando o feiticeiro acabar o serviço... vi você se dirigindo para cá... imaginei que vinha comprar monsenhores... também queria comprar umas flores...

– Monsenhores? – Seabra pareceu assombrado.

Ninguém escapava do sortilégio de Aparecida! Bastara um encontro dos dois e o rapaz já se embeiçara, querendo agradar a ressuscitada.

– Nada disso... rosas... rosas brancas...

– Rosas? Para dar ao feiticeiro? Não o vi hoje...

– Estava lá sim, descamando peixe, termina o trabalho por volta do meio-dia... vou convidá-lo para tomar umas cervejas, você pode vir, mas antes quero promover outro encontro, leve os monsenhores que eu levo as rosas...

Seabra nada comentou. Então o feiticeiro, após a ida para Búzios e a temporada com a alemã, mudara de ofício e cara, desprezara o plástico azul, os brinquedinhos de lata e madeira, aceitava o ofício inglório de limpar peixes, desventrá-los, ficar com as mãos ensangüentadas, as mesmas mãos que faziam coisas maravilhosas? Bem, assim devia ser a vida. A dele, Seabra, também tivera altos e baixos.

Zé Mário comprou uma dúzia de rosas, rejeitou as vermelhas que o dono da loja quis empurrar, formavam o grosso do estoque naquele dia. Rosas vermelhas que falavam de paixão – o que não era o caso. Preferiu rosas brancas, apropriadas à reconciliação.

– Vamos agora dar um pulo na igreja, temos um encontro lá...

Para Seabra era dia de surpresas. Então um sujeito que mal o conhecia, um curioso vindo não se sabia de onde nem para quê, seguia-o pelos caminhos que não eram os dele, metia-se em sua vida e agora marcava encontros com um terceiro?

Com o ramo de monsenhores, que pareciam murchos e descoloridos diante das rosas brancas, Seabra surpreendeu-se ainda mais quando descobriu que se dirigia à igreja na qual não botava os pés há tempos, em parte porque não gostava de freqüentar igrejas, em parte porque os padres geralmente o expulsavam.

XXV

Dr. Evandro:

São 11 horas da noite de um dia difícil mas proveitoso. Acho que encontrei o fio da meada, embora falte bastante para chegar a conclusões finais. Estou compondo um painel periférico do caso e sendo estupidamente ajudado pela sorte.

Conforme lhe informei, há personagens que nada têm a ver diretamente com o acordo nuclear entre o Brasil e a Alemanha, mas tiveram algum contato com a alemã que continua desaparecida, não se sabe se por crime, acidente ou suicídio.

Antes, desejo fazer uma tentativa de relembrar o cenário que aqui encontrei:

1) Uma mulher que teria ressuscitado;

2) Um sujeito que teria tido relações sexuais com Madre Teresa de Calcutá, em Bombaim;

3) A filha dele, moça inteligente, de nível superior, breve se formará como advogada numa faculdade de Curitiba, fora rejeitada pelo pai mas cuja reconciliação consegui (custou-me uma dúzia de rosas brancas);

4) Um feiticeiro que procura emprego na usina nuclear a ser construída em algum lugar daqui da região e que teria tido um caso com a alemã desaparecida – ele hoje se fez de desentendido quando o abordei (pagando-lhe cervejas, o que vem aumentando os custos das minhas pesquisas).

Ab Jove principium – *conforme aprendi no meu interrompido curso de Direito. Promovi o encontro entre os dois: com Seabra (que diz e desdiz, conforme as circunstâncias, ter sido amante de Madre Teresa de Calcutá) e com a filha que foi por ele repudiada num balneário em Guarapari.*

Aparentemente, uma coisa não tem nada a ver com a outra, mas esta moça, vinda de longe em busca de notícias do pai, teve um caso com a alemã em Búzios, pouco antes ou às vésperas do desaparecimento da cidadã teutônica. (Contarei mais adiante os pormenores do encontro do pai com a filha, ocorrido com surpreendente sucesso, na manhã de hoje.)

Tive também um segundo encontro com o forasteiro, que continua negando ser feiticeiro, mas é a pista mais segura para descobrir onde andam os alemães que estariam fazendo a bomba atômica por conta do acordo nuclear entre o Brasil e a Alemanha.

A propósito desse acordo, tenho novidades.

Ontem, imprevistamente, dei um pulo nos arquivos da Câmara Municipal, em busca de algum discurso que o Seabra teria feito ao tempo em que foi vereador da comarca. E descobri um relatório sobre o assunto, pois antes de se fixar em Angra dos Reis, a comissão mista do Brasil e da Alemanha chegou a pensar num local entre Cabo Frio e Rio das Ostras – o que provocou repúdio geral nas duas cidades, que alegaram o perigo das radiações e o prejuízo na imagem paradisíaca que costuma ser atribuída à região.

Fiquei por dentro de parte desta história, que acredito ser de seu conhecimento. Como estou aqui para abastecê-lo de informações, não custa transmiti-las.

Em 1970, o Brasil licitou a compra de uma usina nuclear, licitação ganha pela Westinghouse. A construção foi iniciada no ano seguinte, a Angra 1, com capacidade de 657 MW e começará a operar logo que fique pronta — o que me parece óbvio. Não se tem notícia de qualquer usina, nuclear ou não, que tenha iniciado operações antes de ficar pronta.

O Brasil também assinaria, logo depois, o Acordo sobre a Cooperação para o Uso Pacífico da Energia Nuclear, dentro do qual foi concretizada a aquisição das usinas Angra 2 e Angra 3 à empresa alemã Kraftwerk Union, conhecida mundialmente pela sigla KWU, subsidiária da Siemens. (Atente bem, Dr. Evandro, para a sigla internacional da empresa alemã: KWU. Isso não lhe lembra nada? O nome da alemã desaparecida era Kathryn Wingles Ulmann, cujas iniciais são exatamente KWU. Coincidência ou código secreto?)

Angra 2, com potência de 1.309 MW, teve suas obras iniciadas logo após a assinatura dos contratos. O que também me parece óbvio, e entrará em operação logo após os certificados de segurança emitidos pelos organismos especializados, isso se o mundo não acabar antes, conforme as profecias de Nostradamus e da mulher ressuscitada que já garantiu a Seabra que os tempos estão próximos.

A construção de Angra 3, com custo estimado em US$ 2,5 bilhões, entrará no calendário do remotíssimo ano de 2024 — se o mundo sobreviver às profecias de Nostradamus e da ressuscitada.

Dirá o senhor: "Nada disso é novidade para mim, meu negócio é saber se há mesmo o projeto da construção de uma bomba atômica, em Cabo Frio, Búzios ou Rio das Ostras. E o que fazia uma cidadã alemã, mais do que suspeita, naquela época e local. E que desapareceu misteriosamente, não se sabendo se por acidente, crime ou suicídio."

Pois espante-se, meu caro Dr. Evandro. Espante-se e orgulhe-se da decisão de ter me enviado para cá.

Como já lhe disse, a filha do Seabra, que teve um caso com a cidadã alemã mais do que suspeita, me informou que além de ter sido aeromoça da Lufthansa e modelo (ou coisa que o valha) no Quarteirão dos Prazeres de Hamburgo, fora amante de um alto executivo da Siemens, e que por ele soubera do interesse da Alemanha em encontrar um parceiro para construir sua própria bomba atômica, um parceiro que não despertasse suspeitas no Clube Atômico que impede a Alemanha de produzir artefatos nucleares que não sejam para fins pacíficos.

O que me diz, Dr. Evandro? Coincidência, não?

Amanhã, terei longa conversa com Maria Ignês. Irei com ela a Búzios e trarei novidades.

E volto ao encontro da filha com o pai. Confesso que temia uma reação violenta por parte de Seabra. Na porta da igreja, pedi que ele segurasse as rosas brancas que eu havia comprado para a ocasião. E fiquei com os monsenhores, que aliás me deram uma sensação desconfortável, sabendo que são flores que enfeitam defuntos.

Seabra atravessa realmente uma fase má, não desconfiou de nada, e quando viu aquela moça se dirigir para ele, ao contrário do que teria ocorrido em Guarapari, tantos anos passados, logo a reconheceu e, num gesto igualmente espantoso, ofereceu as rosas brancas à filha, que as aceitou e beijou a mão do pai, após o quê, ambos se abraçaram e se beijaram nas faces.

A moça estranhou que eu estivesse segurando um ramo de monsenhores, sabia que eram as flores preferidas da mesma mulher que fora a responsável pelo episódio no hotel de Guarapari, início do drama que viveria dali em diante. Sabendo que a ressuscitada era uma vigarista, mas de notável furor uterino, imaginou que eu também me deixara seduzir por suas bruxarias.

Desnecessário dizer que Maria Ignês e eu, sem muito o que fazer por essas bandas, dormimos juntos e ela, por sinal, justo neste momento, enquanto escrevo para o senhor, dorme na minha cama. Com isso, o gerente já me avisou que minha diária será acrescida de 25%, despesa extra que terei de pagar a fim de não perder a preciosa colaboração de quem pode esclarecer o desaparecimento da alemã.

Quanto ao feiticeiro, tenho novidades. As deixarei para mais tarde. Preciso antes promover um encontro dele com a ressuscitada. Há algum mistério nisso tudo, Seabra garante que o meu feiticeiro não é o feiticeiro dele. Contudo, sendo feiticeiro ou não, despertou em Aparecida o citado furor uterino – e Seabra, como também lhe informei, na fase de progressiva decadência que atravessa, está cada vez mais apaixonado por ela.

Paro por aqui. Enviarei amanhã cedo este relatório, antes de ir para Búzios com Maria Ignês. Trarei novidades, grandes e certamente esclarecedoras. Se há caroço debaixo deste angu (como disse o senhor), o angu está lá, com o respectivo caroço.

Atenciosamente,

XXVI

O mar, rude e terrível

Como me competira, deixei que Seabra e Maria Ignês se entendessem ou se desentendessem dentro da igreja. Fizera o que fora possível, até mesmo comprara flores para colaborar com o clima de reconciliação. Sei que não se deve entrar em briga de marido e mulher, posso acrescentar que também não se deve entrar em briga de pai com os filhos. Já fora longe demais e tive minha recompensa antecipada pelo encontro aparentemente cordial que acabara de promover.

Maria Ignês me contara, com detalhes que me parecem verdadeiros, não todos e em tudo, mas no essencial e no pormenor, o seu caso com a alemã de coxas teutônicas, cujo nome, conforme já informei anteriormente, é Kathryn Wingles Ulmann, as mesmas iniciais, KWU, da firma alemã interessada na construção das usinas em Angra dos Reis. Para disfarçar, ela fazia-se chamar de Kat.

Tudo começara quando, saindo da casa dos pais, em Curitiba, continuando sustentada (e bem) pelo padrasto que tudo fazia para mantê-la longe, Maria Ignês decidiu procurar o pai, do qual tinha desagradáveis lembranças.

Tentou tomar informações primeiramente com a mãe, Yolanda Ribeiro, que por solidariedade com o marido, ou por conta própria, também desejava ver a filha o mais distante que pudesse.

Pouco informou a respeito de Seabra. Nem tinha muito a informar. Desde o vexame que passara em Guarapari, nada mais quisera saber dele e de suas façanhas. Disse o pouco que sabia: apesar de tantas proezas em diferentes lugares e modos, Seabra se agarrava à Região dos Lagos como um molusco às rochas batidas pelo mar. Devia estar fazendo das suas e dos outros, principalmente outras, ali por Cabo Frio, Búzios, Arraial do Cabo, Rio das Ostras, Araruama, Saquarema e Maricá.

Ultrapassando os limites dessas cidades, Seabra poderia ser tudo, menos Seabra, que era curto topograficamente, embora amplo operacionalmente. Não saberia viver fora dali, não suportara nem mesmo Niterói, que é perto, Yolanda se lembrava que no breve período em que fora deputado estadual, cassado por decoro parlamentar, Seabra não se dera bem com a antiga capital do estado. Quanto ao Rio de Janeiro, que também é perto, para Seabra era tão longínquo quanto a estrela da Ursa Maior.

Abastecida com tão poucas referências, Maria Ignês decidiu aproveitar as férias e o dinheiro do padrasto numa batida minuciosa por toda a região, e assim fora parar em Búzios, que começava a ser comparada a Saint-Tropez, Antibes e outros balneários da Costa Azul francesa.

Entre os moradores locais, todos sabiam da existência de Seabra e de seus feitos, mas ninguém se atrevia a dizer onde ele se encontrava ou podia ser encontrado. "Está por aí, fazendo das suas" – era o máximo que a filha obtinha do pai.

Descrente dos cidadãos de Búzios, ela tentou a "população flutuante", que começava a desabar todos os verões pelas praias que se tornaram da noite para o dia, além de paradisíacas, também afrodisíacas, em parte porque eram realmente sensuais, em parte pela temporada que Brigitte Bardot ali passou.

E entre as flutuantes que freqüentavam as praias tidas como afrodisíacas, Maria Ignês abordou, ou melhor, foi abordada por uma alemã, que vendia bolsas esquisitas, transformavam-se em jogo de gamão. A alemã era bonita, daquela beleza de mulher feita, que não precisa de outra coisa para despertar desejo alheio senão de si mesma, de seu corpo, de sua maneira de andar, de viver livremente pelas praias, queimada pelo sol e pelo vento que vem do mar.

Capim novo no pedaço, Maria Ignês despertou a atenção e o desejo da mulher que todos garantiam ser misteriosa e, simultaneamente, depravada. Transava com homens e mulheres, numa gula permanente por parceiros ou parceiras que apareciam em seu caminho e despertavam sua cobiça.

Até que ela resistiu. Resistiu enquanto pôde. Mas não pôde muito.

A alemã era sábia em envolver as presas e, para falar a verdade, sendo filha de Seabra, Maria Ignês fazia péssimo juízo dos homens. Embora nunca tivesse experiência com outra mulher, achou que não custava nada um caso circunstancial, além do mais, com uma estrangeira, que mais cedo ou mais tarde daria o fora sem deixar memória em seu afeto e em sua carne.

Deu-se mal. A alemã era experiente, não apenas lhe deu prazer mas alguma coisa mais, que Maria Ignês tomou por amor ou coisa equivalente. Nunca havia sido amada, nem pela mãe e muito menos pelo padrasto. Sem falar no pai, que a repudiara. Tampouco tivera sorte com os colegas em seus tempos de faculdade, alguns casos, mas poucos, sem empolgação, apenas para ir na onda.

Com a alemã foi diferente e profundo. Tinha perícia e mistério, a começar pelo nome. Todos a chamavam de Kat, baseados num estranho registro que ela deixara numa das pensões em que se hospedara. Criando suspeitas na recepção, fora obrigada a se identificar. Mas ninguém acreditava que ela fosse realmente Kathryn Wingles Ulmann. Nem mesmo ela. Para falar a verdade, era um nome esquisito, parecia inventado.

As duas se curtiram adoidadas, a alemã pela carne nova que encontrara, Maria Ignês pela experiência que nunca lhe passara pela cabeça, tronco e membros. Tanto que momentaneamente se esqueceu de procurar pelo pai, ou ao menos, saber dele.

Admitia que pela primeira vez se apaixonara por alguém, principalmente porque a alemã nada exigia dela, a não ser o corpo e a proximidade. Falava de seus amantes, homens e mulheres, com naturalidade e carinho. E mais: apesar de viver com intensidade, não era fanática pela vida, se morresse de repente seria lucro, não desejava passar pela decadência, pela velhice, nunca dependeria de nada e de ninguém.

Passeavam pelas praias, visitavam lugares desertos. Kat a apresentou a um local bonito mas terrível, onde as águas batem com força contra os rochedos, a "Boca do Inferno". Voltaram muitas vezes ali, ficavam olhando as espumas que ferviam em volta das pedras. Uma tarde, Kat declarou que gostaria de morrer ali, nas espumas que saíam das entranhas do mar, espumas sempre renovadas, nunca as mesmas.

– Se tivesse coragem, num dia de sol, eu me atiraria ali. Melhor seria se alguém me empurrasse, de repente, sem que eu percebesse, seria grata a quem me fizesse isso. Mas gostaria de ser atirada sem ódio, por amor, ou quem sabe, por pena...

Interrompi Maria Ignês:

– Ela dizia isso? Um dos lugares em que poderia ter sumido foi ali, na Boca do Inferno...

Ela não ouviu, ou, se ouviu, não deu importância. Percebi que ao lembrar aquilo Maria Ignês estava longe, longe de tudo, de mim principalmente. Ficamos em silêncio, evidente que não mais queria falar sobre Kat.

Quem falou fui eu:

– Havia outras alemãs por lá? Ouvi dizer que alguns alemães vieram para cá, uns por turismo, outros a trabalho...

Ela pareceu voltar de longe e me encarou, como se me descobrisse ali, naquele momento:

– Não sei... sinceramente não me interessava por alemães. É possível...

Entrei no assunto:

– Você não estranhou que uma mulher com o passado dela, modelo, comissária de bordo na Lufthansa, amante de um executivo da Siemens... você nunca lhe perguntou como ficara ali, vendendo bolsas, fascinada pela natureza... não combina com o resto...

Ela pensou um pouco:

– Não. Nunca perguntei sobre o seu passado... raras vezes ela falava alguma coisa... mas parecia não dar importância ao que fizera, ao que era... fazia suas bolsas, tinha habilidade para isso, comprava material em Cabo Frio, passava as noites trabalhando, ia para as praias, gostavam do que ela fazia, não precisava de muito dinheiro para viver, morava em qualquer canto, no verão, com tempo bom, dormia na praia, às vezes sozinha, às vezes com alguém, inclusive comigo, foi bom, havia estrelas no céu, em Búzios há menos vento... ficávamos agarradas...

Insisti em saber mais:

– Como ela veio parar aqui? Quem a trouxe?

Maria Ignês me olhou espantada:

– Por que pergunta tanto? Que interesse tem nisso? Afinal, você é ou não é policial? Ou jornalista?

– Já lhe disse que não. Mas acho estranho uma mulher como Kat, de repente, dar uma de amante da natureza, de mulher solitária, perdida neste mundão de areia...

Tive a impressão de que, pela primeira vez, Maria Ignês pensava no assunto. Como a alemã viera parar ali? Fez um silêncio, tentando lembrar alguma coisa. Depois de um tempo:

– Não sei... não tenho certeza, acho que um dia ela me falou nisso, um grupo da Alemanha veio ao Brasil, foram para Angra dos Reis, acho que na ocasião era amante do tal homem da Siemens... o fato é que não gostava dele, nem gostou de Angra, achava as ilhas bonitas, mas lá não havia praias como aqui, precisava tomar lanchas, lanchas que fediam a gasolina, a óleo... abandonou o amante, abandonou Angra... encontrou isso aqui e aqui ficou...

Fez uma pausa:

– ... para sempre.

Eu precisava parar com o interrogatório. Ela poderia se aborrecer. Para minha surpresa, quando nada mais esperava, Maria Ignês comentou:

– Um dia, os alemães vieram aqui, estiveram com ela, mas não vieram por causa dela... vieram a trabalho...

– Que tipo de trabalho? – voltei a me entusiasmar.

– Sei lá! E acho que Kat tampouco se interessou em saber o que estavam fazendo ou o que pretendiam fazer...

Quase estraguei tudo, fazendo a pergunta que mais me interessava. Afinal, soubera alguma coisa. Tirei da cabeça o acordo nuclear com a Alemanha, a bomba atômica que podia estar sendo fabricada ali, em nossas barbas, embora nem eu nem Maria Ignês tivéssemos barba.

E, súbito, dei importância às recordações de Maria Ignês. Os passeios pelos lugares desconhecidos, a ida à Boca do Inferno, a vontade de Kat em se atirar nas espumas que ferviam em volta dos rochedos, o desejo de que alguém, sem ódio nem rancor, a empurrasse para dentro do mar, o mar que ali estava, rude e terrível.

XXVII

Prezado Dr. Evandro:

Boas e más notícias. Tenho feito progressos em minhas pesquisas, para honrar o compromisso que tomei com o senhor. A má notícia é que ainda não consegui chegar a uma conclusão sobre a morte da alemã, que se dizia chamar, como já lhe informei, Kathryn Wingles Ulmann, mas era conhecida como Kat. Ela desejava que a matassem, mas sem ódio e rancor, apenas para queimar etapas e não entrar em decadência e velhice. Faltava-lhe coragem para o suicídio. Mas o que quer que tenha acontecido com ela (crime, acidente ou suicídio), nada tem a ver com o acordo nuclear do Brasil nem com a fabricação de bombas atômicas.

A notícia boa é que, realmente, andaram por aqui alguns alemães, não se sabe fazendo o quê. Aparentemente, vieram conhecer as praias que diziam paradisíacas, mas não eram vistos tomando banho de mar. Estavam radicados em Angra dos Reis, dando assistência técnica ou coisa equivalente à usina nuclear ali construída. Kat conhecia alguns deles, pois me parece (e isso minha informante não deixou claro) que a turma que veio da Alemanha por algum motivo trouxe Kat, que logo se desgarraria da equipe, preferindo viver sozinha e da maneira estranha que acabou adotando, tão estranha que terminaria no seu sumiço.

Teria ela algum segredo a esconder? Sinceramente, não creio. Mas não deixa de ser espantosa a coincidência: ela desapareceu no momento em que mais se falava na possibilidade de o Brasil, em aliança com a Alemanha, fabricar uma bomba atômica fora do controle internacional.

Volto-me agora para o forasteiro, feiticeiro ou não, que também andou uns tempos com a alemã e que muitos aqui suspeitam de estar dormindo no momento em que um desconhecido a teria empurrado para a Boca do Inferno – esta é uma das versões que mais circulam sobre o desaparecimento da mesma.

Já contatei esse indivíduo, que dando a aparência de ser um bronco no fundo é escorregadio como uma lesma, se é que as lesmas são escorregadias, jamais peguei numa.

Como vê, meu prezado Dr. Evandro, venho trabalhando de sol a sol – o que não falta por aqui é sol –, sem desfalecimentos, tentando corresponder à confiança em mim depositada.

E por falar em "depositada", lembro que ainda não foi depositada a quantia relativa aos extras que mencionei em relatos anteriores. O atraso, contudo, em nada afetará a pesquisa que venho efetuando, agora acrescida por um interesse pessoal, uma vez que diante de tamanha embrulhada acabei me envolvendo neste caso bem mais do que devia e queria.

Atenciosamente,

XXVIII

Ipromessisposi

Muita coisa de ruim aconteceu comigo, desde que o pai morreu. Bem verdade que minha mãe fez o que pôde, procurou o Dr. Evandro, que havia sido colega de faculdade do marido, colega e amigo, e me arranjaram um emprego do qual não podia esperar grandes coisas – que, aliás, continuo não esperando. Mesmo assim, após diversas missões que pouco ou nada me exigiam, nem esforço nem imaginação (servir café, comprar cigarros na esquina, levar ou trazer processos do foro), tive a minha oportunidade vindo para Cabo Frio pesquisar o desaparecimento de uma alemã que poderia ter conexões com o acordo firmado entre o Brasil e a Alemanha, cortina de fumaça que encobriria o plano fantástico de ambos os países fabricarem bombas nucleares.

Confesso que a minha auto-estima aumentou. Passaria uma temporada por conta do escritório do Dr. Evandro, carro alugado, o melhor quarto no melhor hotel de Cabo Frio, despesas pagas e, coroando isso tudo, a moça que não sei se seduzi ou fui seduzido por ela.

E foi por aí que veio o golpe que novamente me derrubou. Por ironia, eu próprio fora o promotor de minha desgraça. Ajudara Maria Ignês a se reconciliar com o pai, nada menos que o Seabra, que entre outras coisas notáveis que lhe atribuíam e que ele confirmava, tinha a fama de ter dormido uma noite com Madre Teresa de Calcutá, num dispensário em Bombaim, embora fosse voz corrente que Seabra nunca pusera os pés naquela cidade, jamais se afastara da Região dos Lagos e para o qual uma ida ao Rio de Janeiro representaria uma viagem aos limites do cosmo, às galáxias mais remotas do universo.

E fora eu que arranjara o encontro dos dois na igreja de Cabo Frio, comprara rosas brancas para contrastar com os monsenhores roxos de Seabra e para selar a paz entre pai e filha.

Do lado de fora da igreja, andando de um lado para outro, torcendo para que não estourasse um escândalo de magnitude igual ao de Guarapari, vi Seabra chegar, contrito, fungando de emoção.

Abraçou-me fortemente, me beijou nas faces.

– Meu filho!

Pasmo, surpreendido no corpo e na alma, quis saber o motivo para tal e tamanha efusão. Seabra estava comovido, duplamente comovido pela reconciliação com a filha e pela notícia que ela lhe dera: ia casar-se comigo. Não por amor, ainda – ela teria dito –, mas por gratidão. Maria Ignês me devia o reencontro com o pai, já dormira comigo (na verdade, após a primeira noite, ficara no mesmo hotel, no mesmo quarto, na mesma cama).

Seabra como sogro! Poderia esperar tudo de ruim em minha vida, moléstias venéreas e vergonhosas, tísica, uma bala perdida, um equívoco que me envolvesse numa tramóia com a polícia ou com a justiça. Poderia esperar tudo, até casar com a rainha da Inglaterra ou me tornar Dalai Lama, menos ter Seabra como sogro. Um Seabra a quem mal conhecia e o que conhecia não só era pouquíssimo recomendável, como poderia tornar-se mais lamentável ainda, pois embora estivesse em decadência tinha anos de estrada para tornar-se mais lamentável do que lamentável já era.

Maria Ignês custou a sair da igreja. Depois de entregar as rosas brancas ao pai em sinal de paz e afeição, notara que Seabra se atrapalhara com os monsenhores roxos, que na certa levaria para Aparecida. Então, num gesto delicado, que Seabra julgou encantador e contra o qual não se manifestou, ela apanhou os monsenhores, juntou-os com as rosas. Finda a reconciliação, enquanto o pai veio se encontrar comigo lá fora, ela levou as flores – rosas brancas e monsenhores roxos – para a imagem de São Judas Tadeu, o santo das causas impossíveis.

Quando saiu da igreja, e deu com Seabra a meu lado, desconfiou que eu já havia sido fulminado pela notícia. Aproximou-se, beijou-me e levou-me para um canto. Explicou:

– Não tive escolha. Precisava causar impacto. E a única idéia que me veio foi essa, a de que iríamos casar. Parece que ele gosta de você, ficou emocionado, o clima foi legal, esquecemos tudo, de parte a parte...

– Mas essa história de casamento... entre outros motivos, não estou preparado...

– Esquece. Ele também vai esquecer.

XXIX

Dois em um, como nas marmeladas e goiabadas

Para dizer tudo o que me entope: além do vexame de ter Seabra como sogro (avô de meus filhos, se os tiver!), tenho cá dentro um fato novo que me incomoda. Sempre embirrei com feitiçarias, amuletos, rezas, bênçãos, detesto sobretudo qualquer agente do sobrenatural, seja um papa em Roma, em toda a sua pompa, seja um preto velho em terreiro suburbano.

E estou às voltas com um feiticeiro. Para desgraça minha, não é um, são dois. Não sei se dois em um, ou dois em separado. Tornaram-se importantes para minhas pesquisas. Por mais diferentes que sejam, por mais que se bifurquem em caminhos contrários, em algum ponto da trajetória seguem paralelos.

O primeiro, se é o primeiro mesmo, na hipótese de os feiticeiros serem dois, pode ser simultaneamente o primeiro e o segundo. E é o mais importante para esclarecer o sumiço da alemã.

A versão de Maria Ignês, que já repassei para o Dr. Evandro, esclarece muita coisa, penetra não apenas no corpo mas na alma da alemã desaparecida, revela o seu medo de envelhecer, de não mais poder levar a vida que escolheu, andando nua pelas praias e rochas, trepando com quem lhe apetecia, homem ou mulher, negro ou branco ou mesmo sem cor alguma, como aquele índio aculturado que andou por Cabo Frio e que de tanto tomar sol e passar hidratante no corpo, ficou numa cor indefinível, próxima daquela que o povo chama de "cor de burro quando foge".

O relato de Maria Ignês é valioso, mas não chega a ser completo. Há alguma coisa inexplicável naquele momento em que a alemã quase pede para ser jogada ao mar, desde que com amor. E se Maria Ignês, que amava a alemã, tivesse topado, distraindo sua vítima até o ponto em que ela relaxasse e se esquecesse do pedido, e, imprevistamente, quando não mais esperasse nem se lembrasse do desejo que havia pouco manifestara, fosse empurrada para o mar?

Ninguém teria visto nem ouvido nada, a alemã não gritaria, e mesmo se gritasse, ninguém a ouviria, o mar, rude e terrível, urraria mais forte, no orgasmo de possuir aquele corpo que o cobiçava, e que talvez ele próprio cobiçasse.

A hipótese que envolvia o feiticeiro seria o "outro lado da questão", aquilo que os advogados, como o Dr. Evandro, chamam de "contraditório". A dar crédito ao que ouvi por aí, e sobretudo ao Seabra, que excepcionalmente neste assunto merece crédito, o feiticeiro foi afinal encontrado por Aparecida Menezes, que tendo recebido a imagem de sua padroeira, ficou alvoroçada, passando a ter mais sorte com a santa do que com o Caboclo Ventania, cuja imagem vagabunda, seguindo o exemplo de Seabra, também entrara em decadência.

Aparecida quis encomendar uma nova imagem do Caboclo, e por isso o procurou, e não apenas procurou, mas levou-o para a cama, com a ambígua aprovação de Seabra, que entrava em processo de paixão pela ex e atual amante e topava tudo e tudo toparia, desde que a tivesse.

Percebendo isso, o feiticeiro desconfiou que era hora de evadir-se, antes que Seabra, vivendo o conflito simultâneo do corno manso e do corno furioso, acabasse com ele no meio de uma trepada, um tiro, um punhal pelas costas.

Certa noite – chovia muito – o forasteiro pulou a janela da casa onde Aparecida e Seabra moravam desde que se reconciliaram. Tomou a direção de Búzios, vinte e tantos quilômetros a pé, encoberto pela escuridão, raros carros passavam por ali e não chegavam a iluminar seu vulto negro e comprido como um pente.

Fixou-se em Búzios, como antes se fixara em Cabo Frio e em outras paragens da Região do Lagos. Na pressa de evadir-se, não levara o plástico azul nem os equipamentos de trabalho, faca, raspadeira, chave de parafuso, pincéis, latas de tinta, pouco mais do que isso. O importante estava com ele, as mãos, a perícia e o pau, que era apreciado pelas mulheres. Logo arranjou outro plástico, outros apetrechos, e começou a conquistar a freguesia de sempre, com seus barquinhos, seus caminhõezinhos, seus cavaquinhos feitos da lata retangular e verde da marmelada Colombo.

Atração nova na paisagem, despertou a cobiça da alemã, à qual correspondeu de boa vontade, não era todo dia que poderia ter uma mulher daquelas, loura, de olhos azuis, e com um jeito tesudo de dizer, com sotaque carregado, a palavra "caralho", toda vez que lhe pedia para ver o pau negro que a excitava.

E tanto a excitava que o levou ao lugar predileto, ao mesmo lugar onde levara Maria Ignês, ao mesmo local em que sempre ia em busca de emoções mais fortes.

Nasceu uma lenda a respeito do feiticeiro e da alemã. Creio que a transmiti, com os devidos cuidados, ao Dr. Evandro. Pessoalmente, não lhe dei nem continuo dando crédito, mas tudo é possível quando se mistura um feiticeiro esguio como um pente e uma alemã de coxas teutônicas.

A história me parece inverossímil. Um homem misterioso (ou mulher igualmente misteriosa), apaixonado pela alemã, teria seguido os dois pelas rochas que levam à Boca do Inferno. Teria visto os dois treparem, em condições especialíssimas, exigindo do feiticeiro uma performance assombrosa para saciar a alemã. Finda a trepada, o feiticeiro deitou-se numa das pedras e dormiu, roncando forte pelo esforço em contentar uma mulher incontentável.

Que nem estava aí para a fadiga. Tão logo viu o companheiro prostrado, fez o que mais gostava de fazer, depois de trepar. Começou a passear pelas rochas, nua, aquecida pelo corpo do negro, que costuma ser mais quente do que o corpo dos alemães. O cheiro do esperma que o feiticeiro deixara nela era igualmente forte, e isso a tonteava de prazer. Tanto prazer que se aventurou a pisar em pedras que nunca pisara antes, como se estivesse drogada pelo sêmen grosso que ainda escorria pelas coxas teutônicas.

Com a alemã dando tamanha sopa para um empurrão, o misterioso homem (ou misteriosa mulher), alucinado pela visão dos dois amantes, seus uivos e gemidos, não hesitou. Não havia ninguém nas imediações, a não ser o feiticeiro, que dormia, bestializado, como um porco dorme após fecundar a porca.

Aproximou-se da alemã, tentou violentá-la, aproveitando as sobras que o feiticeiro não conseguira dar conta. Ela recusou, talvez tenham lutado um pouco. Foi jogada ao mar.

Se eu tivesse alguma vocação para policial ou jornalista investigativo, deveria ir fundo nas duas hipóteses. Mas sou apenas um bagrinho do Dr. Evandro, limito-me a comunicar o que vou descobrindo ou sabendo. Ele que contrate (e pague melhor) gente experimentada nesses casos. Acho que estou fazendo pouco, mas bem.

O problema agora é resolver a dualidade de feiticeiros que trombaram no meu caminho. Para quem detesta um feiticeiro, dois é dose.

XXX
Novo encontro das águas

Apesar de ter voltado a amar Seabra e com ele viver, Aparecida Menezes não esquecia o forasteiro-feiticeiro que lhe fizera a imagem da padroeira, imagem que ameaçava desbancar o prestígio do Caboclo Ventania, ao qual ela devia, juntamente com a ressurreição, a fama e a clientela que adquirira em toda a Região dos Lagos.

À revelia de Seabra, conseguira localizá-lo, o que não lhe bastou, mas conquistá-lo, levando-o para casa, também à revelia de Seabra, que, em sua progressiva decadência, parecia resignar-se a tudo, desde que pudesse, todos os dias, levar um ramo de monsenhores para aquela que, inicialmente, lhe melhorara a vida, e logo em seguida a desgraçara.

Mas o forasteiro, depois de fartar-se, evadiu-se, indo para Búzios, decidido a levar uma vida normal e decente, sem ser obrigado a comer uma mulher diante de seu amante e marido.

Em Búzios, armou o plástico azul e seus brinquedinhos, teve o mesmo sucesso que obtivera em Cabo Frio, embora nenhum milionário lhe encomendasse um transatlântico. E mais sucesso teria se não lhe aparecesse uma alemã que nele se amarrou. Além de se deixar amarrar, também amarrou-se nela, conheceu dias de glória, andando nu pelas praias desertas, ao lado de uma loura nua, exibindo um corpo atlético e gostoso, iguaria que ele antes nunca provara nem tivera esperanças de provar.

Uma tarde, passeando com ela por umas rochas, onde o mar batia com força, treparam furiosamente, tão furiosamente que caiu para o lado e adormeceu como um deus negro e fatigado. Ao acordar, não mais encontrou a alemã. Alguma coisa o alertou e ele decidiu mais uma vez, e com mais forte motivo, dar no pé. Não foi difícil. Andando pelos caminhos possíveis no meio das rochas, logo chegou a uma estrada de terra, depois a outra de asfalto. Não sabia que direção tomar, nem sabia onde estava, era-lhe indiferente virar à esquerda ou à direita. E como um político em momento de crise institucional, decidiu ir pelo centro, abandonando a estrada e embrenhando-se num mato que o levaria a qualquer lugar.

Deixou saudade e carência em Aparecida. Por conta desta saudade e carência, sempre que ia ao Centro da cidade, Aparecida dava uma olhadela para os lados do Mercado, onde meses atrás o forasteiro-feiticeiro se fixara com o plástico azul e seus brinquedinhos.

Eis que um dia, bem cedinho, indo comprar um robalo para o aniversário de Seabra, viu ao longe um negro comprido como um pente, descamando tainhas num dos tabuleiros do mercado. O coração dela, que parara de repente em seu passado de ressuscitada, quase parou novamente. Era ele! Só podia ser ele!

Mas não era.

Aproximou-se, não mais atraída pela saudade e carência do seu feiticeiro, mas por alguma coisa que reconheceu naquele negro que, de cabeça baixa, compenetrado, descamava tainhas. Não tinha certeza, mesmo assim chamou:

– Manuel!

O negro levantou a cabeça, o facão sujo de sangue acabara de abrir postas na carne de uma tainha. Olhou para a mulher que o chamara, e não a conhecendo, pensou que ouvira mal. Voltou a abrir postas na tainha.

A mulher repetiu:

– Manuel!

Ele novamente levantou a cabeça, o facão pingando sangue. Seria alguma freguesa que viera buscar o peixe recomendado? Não, ele tinha certeza que não, jamais esqueceria uma tarefa, a mulher que o chamava nada lhe pedira, nada lhe pagara, nada devia a ela.

– Não está me reconhecendo? Olha bem para mim!

Manuel largou o facão sujo de sangue na tábua também suja de sangue e de escamas. Um gato rondava o tabuleiro, na esperança de apanhar as tripas que eram jogadas no chão de terra.

Encarou a mulher, e sendo Manuel Firme, o fez firmemente.

Aparecida ajudou a memória dele:

– Tio Augusto... a Marafona... o Caboclo Ventania...

Três elementos tão disparatados fizeram a memória de Manuel Firme balançar, havia muito que nada balançava em sua memória. Mesmo assim, foi com cautela, não querendo avançar para mais nem recuar para menos. Repetiu para si mesmo:

– Seu Augusto... seu Augusto...

– Isso mesmo! Lembra?

Manuel Firme lembrou mas não era de efusões. Olhou-a mais uma vez, satisfeito por ter reencontrado a companheira de infância, mas pediu licença, precisava abrir postas em tainhas, robalos, estripava também uma arraia-manteiga que estava ali ao lado, o freguês viria logo buscar, ele não se lembrava de ter algum dia estripado uma arraia.

Aparecida esperou. Esperou que Manuel Firme se lavasse na pequenina enseada que o canal de Cabo Frio fazia, ali nos fundos do Mercado do Peixe.

Depois levou-o para casa.

XXXI

Prezado Dr. Evandro:

O senhor deve ter estranhado a falta de notícias. Não, não foi incúria e muito menos olvido. É que os fatos estão se precipitando de tal forma que me falta tempo e discernimento para relatar o que está acontecendo.

Para começar, após dúvidas sobre a existência de um ou dois feiticeiros envolvidos na história, descobri que existe apenas um, que é único e bastante. São dois em um, como naquelas latas de goiabada e marmelada que vendiam antigamente.

Devo-lhe uma desculpa. Não habituado a lidar com feiticeiros, pouco sabendo deles, e sempre os evitando por temperamento e temor, além da falta de curiosidade, esqueci um detalhe importante, aliás importantíssimo quando se envolve com um deles, ou com dois ao mesmo tempo.

Não sei por que estranha magia, atribuem a eles aquela capacidade que somente os deuses do Olimpo possuíam, a de se transformarem intempestivamente, um em dois, ou dois em um. Júpiter transformou-se em chuva para conquistar uma mulher. Outros deuses se transformavam em touros, raios, fontes, riachos, nuvens.

Tão logo termine meu compromisso com o senhor, me prometi estudar mitologia a sério, não apenas a clássica, que veio dos gregos, mas a africana, que no fundo têm espantosas equivalências umas com as outras.

Vamos ao que interessa. O feiticeiro que estendia o plástico azul junto ao Mercado do Peixe e vendia brinquedinhos para as crianças (chegando a fazer um transatlântico para o banqueiro de Minas, obra-prima a qual, como já lhe disse, foi elevada a postal da cidade), andou uns tempos sumido, metido com a tal alemã que desapareceu nas rochas, provavelmente em Búzios.

Pouco depois, quase simultaneamente, surgiu por aqui outro forasteiro, que dava a impressão de estar procurando emprego numa usina nuclear da qual tomara conhecimento, usina que seria novo e farto mercado de trabalho para bóias-frias como ele, que sabia fazer de tudo um pouco, mas nada fazendo por falta de sorte ou oportunidade.

Cometendo um desastrado equívoco veio para cá pensando que Cabo Frio era Angra dos Reis, ou vice-versa. Como o senhor sabe, a segunda cidade fica no litoral sul do Rio de Janeiro, e ele se perdeu na primeira, situada no litoral norte do mesmo estado.

Tive a oportunidade de prestar-lhe um favor, pagando-lhe cervejas e informando que Angra ficava do outro lado. Para juntar algum dinheiro com que pudesse comprar a passagem para o local onde brasileiros e alemães constroem ou pretendem construir usinas nucleares (segundo consta, para fins pacíficos), ele aceitou trabalhar, em regime de biscate, no Mercado de Peixe, escamando e abrindo postas nos espécimes que os pescadores trazem todas as manhãs, peixes saudáveis, disputados por moradores, restaurantes e até por gente de fora, que acredita serem os peixes daqui melhores e mais frescos. (Pessoalmente, suspeito desta última qualidade, uma vez que já surpreendi uma grande geladeira nos fundos do mercado, onde são guardados, por dias e até semanas, o estoque encalhado nos balcões da frente.)

E aconteceu o imprevisto. Aparecida Menezes, a ressuscitada, vivendo novamente com Seabra, cuja decadência progride a cada dia, indo ao mercado em busca do forasteiro-feiticeiro, que havia se evadido para Búzios e lá ficara com a alemã que mais tarde também sumiria, deu de cara com o outro forasteiro que talvez também fosse feiticeiro, e devia ser mesmo, disfarçado em ajudante de peixaria.

Escapa do meu discernimento como essas coisas acontecem em nossos tempos. Considero-as além da imaginação. Mas temos a prova provada: tão logo se encontraram, ou se reencontraram, Aparecida levou consigo o novo forasteiro-feiticeiro, para desagrado de Seabra, que a cilada mais imprevista do destino tornará meu sogro.

Tenho razões para suspeitar que o mesmo Seabra não se convenceu da aparente verdade: os dois eram um só. No estágio de decadência em que se encontra, aceitou os fatos e nada disse nem reclamou. No fundo, tanto lhe fazia um feiticeiro ou outro, um ou dois, dava na mesma, desde que continuasse a morar e a viver com a mulher que tanto o maltratara e que, feitas as contas, era responsável pela sua glória antiga e por sua atual decadência.

Por um tempo perdi as pistas para descobrir o que a alemã aqui fazia, se era uma ponta avançada de um escalão pioneiro ou uma agente dupla de alemães e brasileiros que, em algum canto ainda não localizado, trabalham na fabricação de uma bomba nuclear. Esperava muito dos feiticeiros, sobretudo ao saber que os dois eram um. Ou o contrário, o único podia ser dois. O primeiro relacionou-se com a alemã e, seguramente, foi a última pessoa a vê-la antes do acidente, do crime ou do suicídio.

Aproveitando o sumiço da alemã, o primitivo feiticeiro também sumiu e reapareceu na carne e na cor do segundo, que outro projeto de vida não tem a não ser o de ir para Angra ou para o diabo onde houvesse oferta de trabalho, fosse uma usina de lixo ou uma usina nuclear.

Males que vêm para bem, toda a embrulhada trouxe uma vantagem. Na condição de futuro genro de Seabra, poderei freqüentar a casa onde vivem os três, Aparecida, o feiticeiro de plantão (o primeiro ou o segundo ou o único) e o meu recente e inesperado sogro. Terei de enfrentar a reação de Maria Ignês, que perdoou o pai mas jamais perdoará Aparecida, a quem atribui as desgraças todas de Seabra, as antigas e as atuais. Não me desespero. Um pressentimento me diz que, depois de toda esta embrulhada, um raio cortará o espaço e iluminará as trevas em que agora me encontro.

Atenciosamente,

XXXII

Um bangalô com trepadeiras na janela

Conforme informei ao Dr. Evandro, passei a ter acesso ao lar de Aparecida e Seabra, agora meu sogro *ad hoc*, e onde também acampou, não sei ainda se o primeiro, o segundo ou o único feiticeiro.

A casa fica na Gamboa, bairro próximo do Centro, com forte comércio de biquínis e artigos de praia, mas cuja peça de resistência é a própria casa de Aparecida, a melhor, a mais imponente do local, mistura de bangalô dos anos 30 e templo dos anos atuais. Vale dizer, uma imensa construção que de longe parece um posto de gasolina e, por dentro, uma mistura de lar e terreiro de macumba.

Para contrabalançar, há uma trepadeira que cerca o bangalô inteiro, e quando não há sessões rituais, uma vitrola toca uma música dos anos 30, que fizera sucesso, letra de Orestes Barbosa:

Um bangalô com trepadeira na janela,
desses que têm uma janela só pra dois,
eu construía apaixonado para ela,
que era o meu sonho de carmim e pó-de-arroz

Aparecida, Seabra e mais recentemente o feiticeiro – o segundo ou o único – ocupam o bangalô, que é confortável, chegando a ser aconchegante, como todos os bangalôs daquele citado ano, embora decorado extravagantemente, com imagens do panteão afro-brasileiro, além de um inexplicável busto de Voltaire, com aquele sorriso que a posteridade considerou sardônico. Viva eu mais de mil anos, jamais saberei o que o busto de Voltaire está fazendo ali. E acredito que nem Aparecida, nem Seabra e muito menos o feiticeiro o saibam. Seguramente, é o único busto de Voltaire num raio de 10 mil quilômetros quadrados.

Os progressos que fiz, por um lado, de outro me causaram retrocessos. Maria Ignês ficou emburrada, ameaçou me abandonar, chegou a pedir, no hotel onde moramos, um quarto distante do meu, se possível em outro andar. Não o conseguindo, passou a me dedicar uma indiferença moral e social, só conservando de outros tempos o interesse sexual. Filha de Seabra, gostava da coisa.

Não reclamei, conseguira com ela e através dela duas conquistas importantes para mim, na dupla função de agente do Dr. Evandro e gerente de minha vida particular. Em Maria Ignês tinha mulher para as noites, uma jovem com a qual valia a pena cometer qualquer ou todos os desatinos. E eu ganhara o que jamais pensara desejar: um sogro, na bastante, na suficiente pessoa de Seabra. Que aos poucos, sinceramente, acreditou que era mesmo meu sogro e passou a confiar e, até certo ponto, a gostar de mim.

Somando tudo isso, fiquei sabendo de um detalhe formidável. O feiticeiro mais recente, desde que não fosse o anterior, havia sido companheiro de infância, nada mais, nada menos, do que de Aparecida Menezes, antecipando-se assim a todos os que, de alguma forma, cruzaram o seu caminho, incluindo o próprio Seabra.

Chama-se Manuel Firme, um nome que não lhe cai bem, não por causa do Manuel, que lhe é razoavelmente adequado, mas por causa do Firme. Firme por quê? Segundo me informou – e Aparecida confirmou – é realmente Firme, neto de uma escrava dos tempos do seu bisavô, que se chamava Pompéia, nome igualmente estranho para uma escrava.

Fiquei sabendo por Seabra que, havia muitos anos, era popular a propaganda de uma companhia de seguros, em anúncios espalhados pela cidade, nos jornais, revistas, rádios, bondes e lugares públicos de grande freqüência: "Firme como o Pão de Açúcar!"

Manuel Firme não é firme como o seu parente em pedra, na entrada da baía de Guanabara. Pelo contrário: é débil, inseguro, mas honesto e ingênuo, vive e viveu só para si, não por egoísmo ou arrogância, mas porque ninguém se interessa por ele. É transparente, dá a impressão de que sempre o fora: olhavam-no mas não o viam. Atributos que, por acaso ou não, a ele se aplicam de igual forma a que se aplicam a qualquer forasteiro.

Aparecida herdou os bens do tio, que afinal não era muita coisa, inclusive a coleção de Michel Zevaco, da qual guardou apenas um volume, *Fausta vencida*, obra que ela nunca leu mas continua sentindo fascínio por aquele nome "Fausta". Por que também ela não era uma Fausta? Com a vantagem suplementar de nunca ter sido vencida.

Sentiu também a falta de Manuel Firme, expulso de casa pelo tio, pouco antes do Domingo de Ramos em que morreria de repente. Nunca lhe ocorrera que a morte de Augusto Menezes tivesse relação de causa e efeito com a expulsão do companheiro de infância. Teria havido algum tipo de antecipada feitiçaria do neto de uma escrava? Nunca se sabe.

Tomou a decisão que a levaria ao futuro que afinal conquistou. Num mundo em que tudo valia, ela procuraria valer mais. E para valer mais, desenvolveu um furor uterino equivalente ao desejo de se tornar notável. Bateu diversas cidades em torno do Rio, até que se fixou em Cabo Frio. Pensou inicialmente em abrir um bordel com o dinheiro que sobrara da herança do tio. Não prosperou. Até que, num fim de ano, assistiu na praia do Forte ao ritual dos devotos de Iemanjá, uma horda de homens e mulheres com roupas brancas, trazendo flores para ofertar à Deusa das Águas.

Decidiu que ali estava um caminho que poderia ser o seu.

No ano seguinte, com roupa branca e rendada, foi para a praia do Forte, levando flores para a deusa da qual nada conhecia. Não se sabe se de propósito ou imprevistamente, sentiu vontade de dançar na areia. E como tinha o corpo bonito e havia tomado uma garrafa de Fogo Paulista, mistura de vermute, licor de amendoim, cachaça, gim e rum, entrou em transe, declarou-se possuída por um tal de Pai Domingos, deu e recebeu passes, fez previsões aos que dela se aproximavam, previsões que não foram testadas nem precisavam de confirmação: se confirmadas, deixavam de ser visões e previsões.

Pai Domingos durou pouco. Não fez sucesso – e havia um outro Pai Domingos em Arraial do Cabo, que era mais velho, com fama de eficiente. Lembrando-se do único ponto de macumba de seu conhecimento, cantado pelo pai-de-santo no velório do tio, ela adotou o Caboclo Ventania:

Veado no mato é corredor
cadê Caboclo Ventania
este caboclo é da folia...

Fez sucesso nos primeiros tempos, mas durou pouco. Até que tomou um banho complicado com Mãe-de-Todas, também conhecida como Mãe-de-Fodas, morreu e ressuscitou – e aí sua fama e glória espalharam-se por Cabo Frio, Búzios, Arraial do Cabo, Araruama, Rio das Ostras, Saquarema, Maricá, até mesmo nos distritos mais próximos de Niterói, Friburgo, Magé e Teresópolis.

E mais sucesso faria quando encontrou, trepou e passou a ser administrada por Seabra, com o qual viveu um relacionamento de igual forma, proveitoso e conflituoso.

Anos depois de absoluto reinado de Seabra e do Caboclo Ventania, recebeu a imagem de Nossa Senhora da Aparecida, e sua carreira ganhou inesperado alento. Depois de muito fazer das suas, Seabra voltara ao redil, meio desmoralizado e decadente por inteiro, apaixonado por ela, trazendo-lhe todos os dias um ramo de monsenhores roxos, que não eram suas flores prediletas mas tinham alguma coisa a ver com o grande momento de sua carreira, a ressurreição do mundo dos mortos.

E quando nada mais esperava, tentando obter uma imagem do Caboclo Ventania, apelando para o mesmo forasteiro-feiticeiro que lhe fizera a imagem de Nossa Senhora da Aparecida, eis que encontra, firme em seu posto no Mercado de Peixe, descamando tainhas e cortando robalos, nada menos do que Manuel Firme, a única pessoa que nela faria reviver a menina de outros tempos. Ele acumulava as funções de amigo da infância, de parente próximo e amante seguinte.

Para sacramentar os propósitos de ambos, para aproveitar o clima e a química do reencontro, foram logo para a cama, desforrar os tempos em que não aproveitaram mais e melhor a intimidade que tiveram e as oportunidades que não tiveram.

Manuel Firme deixou-se levar, um pouco desconfiado daquilo tudo, mas satisfeito, até certo ponto emocionado por ter de novo, junto a si, a menina que fora criada com ele, responsável pelas primeiras punhetas que tocara no barraco mandado fazer para ele pelo terrível Augusto Menezes, que assim podia dormir com sua mãe na casa principal, a pretexto de que ela sabia trocar fusíveis em caso de apagão provisório ou de trevas permanentes, que antecederiam o fim do mundo. E mataria as aranhas que acaso surgissem em seus caminhos.

Tais e tantas lembranças abalaram firmemente Manuel Firme, mas precisava arranjar um emprego mais firme do que aquela bandalheira em que se metera, os três na mesma cama, Aparecida no meio, separando o corpo branco de Seabra do corpo negro de Manuel Firme. Sem muito esforço, ela podia escolher um ou outro, até o dia em que sugeriu escolher os dois ao mesmo tempo.

Manuel Firme, que apesar do Firme no nome não era tão firme assim, topou a sacanagem mas desconfiou que precisava procurar a tal usina nuclear para levar vida decente. Individualmente, era o único ser humano que, como as nações, precisava de uma bomba atômica para viver e sobreviver em paz.

Precisava também dar o fora. E deu.

XXXIII

A fruta e o frio

Uma tarde, cheguei ao hotel e não encontrei Maria Ignês, que sempre me esperava, entre outras coisas, para transar. Achei estranho. Ela nada tinha a fazer lá fora, a não ser, nas manhãs de sol, ir à praia em frente. Eu acenava para ela, pedindo que subisse logo, gosto de trepar quando acordo. Ou para pedir que me esperasse, tomaria o café e iria me encontrar com ela, dar alguns mergulhos, pegar sol que já estava forte, ameaçando o verão que chegava.

Não tinha remorso de estar vivendo aquela vida, que poderia considerar tão paradisíaca como as praias da região. E sem nada gastar, financiado pelo Dr. Evandro. Afinal eu estava trabalhando com afinco, apurara muita coisa, chegara ao ponto em que podia apurar mais. Maria Ignês reclamava da minha dedicação ao trabalho. Achava que eu estava sendo explorado pelo capitalismo opressor de Evandro, Gouveia & Advogados Associados, o que não era verdade, não estava ali por conta do escritório. E sim da pessoa física do Dr. Evandro.

O fato é que, naquela tarde, ela não estava nem no quarto nem na praia em frente. Não gostei. Afinal, tratava-se da filha do Seabra, possuía um DNA pouco recomendável. Topara dormir comigo, naquela primeira vez, sem me conhecer e sem gostar de mim. Topara muitas coisas, inclusive o caso com a alemã, pela qual confessara paixão. E mulher, mulher sozinha ou acompanhada, era o que não faltava pelas imediações.

Deitei na cama e esperei. Ela chegou bem depois, quase às oito horas da noite. Pegara o carro e tinha ido a Búzios. Admitiu que precisava matar as saudades de Kat, visitando os lugares que mais a marcaram.

Fiquei ofendido na carne e no orgulho. Reclamei, como era do meu direito, embora não fosse do meu feitio:

– Podia ter avisado...

– Deu vontade de repente... e você estava metido com aquela vigarista e aquele babaca do feiticeiro...

– Estava trabalhando, e não há feiticeiro metido na história...

– Mas há aquela bruxa...

Maria Ignês nunca perdoara Aparecida. Fora a culpada da separação de sua mãe, quando Seabra estava no auge, comendo todas as mulheres que passavam por seu caminho, ou as que voluntariamente o procuravam por moto próprio, embora nunca andassem de moto.

Eu admitia isso, compreendia o ódio dela por Aparecida, mesmo assim, senti que era minha obrigação recriminá-la por alguma coisa. Falei em tom sério:

– Fique fria... você precisa amadurecer...

Ela me olhou intrigada. Não esperava isso de mim. Foi à janela, olhou a praia mergulhada na noite, custou a responder. Mas respondeu:

– Sou como as frutas que não amadurecem na geladeira...

XXXIV

Uma tonelada de urânio

Zé Mário abrira uma trégua na busca por informações. Conseguira alguma coisa, mais do que esperava e prometera ao Dr. Evandro. Tudo o que descobrira eram coisas sabidas, e no conjunto, não denunciavam a fabricação de uma bomba nuclear nas praias de Cabo Frio, Búzios e adjacências.

Progredira em relação à alemã, tinha até o relato de uma testemunha privilegiada, que confessava ter tido um caso com ela, acompanhando-a inclusive ao local onde se supunha ter ocorrido o acidente, o crime ou o suicídio, que permaneciam inexplicados.

Seguira pistas que inicialmente o animara, como a de Manuel Firme, que naquele momento deveria estar repousando na cama da amiga de infância, embora dividindo-a com Seabra. Este sim, podia ser uma testemunha sustanciosa, mas na decadência em que caíra, de nada lhe valia.

Mas valeu de repente. Estava Zé Mário trepando com a filha dele, no hotel que dava para a praia, quando ouviram o barulho da Kombi.

Maria Ignês suspendeu os serviços. Chateada, avisou:

– É ele!

– Ele quem?

– Ora, quem?...

Ela reconhecia à distância o barulho daquele motor que sempre estava mal regulado, o cano de descarga avariado, fazendo mais barulho do que o necessário. Zé Mário foi à janela e viu a Kombi com os quatro alto-falantes dirigidos aos pontos cardeais. Reparou então, pela primeira vez, que os quatro alto-falantes acompanhavam o exemplo do dono: estavam decadentes, enferrujados, prazo de validade vencido.

Distraído em observar os alto-falantes em cima da Kombi, Zé Mário só viu Seabra porque o sogro gesticulava para ele, numa excitação que fazia lembrar os bons tempos. Seabra o chamava, tinha novidades.

Avisou a Maria Ignês:

– Seu pai está me chamando... vou ver o que ele quer...

Aborrecida, ela cobriu-se com o lençol, não gostava de ser interrompida durante a trepada, sobretudo quando penetrava na reta final. No fundo de sua carne, amaldiçoou o pai e o amante.

Zé Mário encontrou o sogro na recepção, chupando um coco pelo canudinho de plástico. Estava excitado, já não havia mais água dentro do coco, mesmo assim continuava sugando o canudinho com força.

– Você estava certo! – declarou ele, como um derrotado, e pedindo na recepção mais um coco, morria de sede.

Sem saber em que estava certo, Zé Mário nem ficou lisonjeado pelo fato de estar dando certo. Certo em quê? Certo de quê?

– Sim... sim... mas o que está havendo? Qual é a novidade?

– A usina! – Seabra quase berrou a palavra.

Depois, percebendo que o assunto podia ser segredo de Estado, levou Zé Mário para fora:

– Uma bomba! Uma bomba verdadeira! Um alemão na estrada, dirigindo um caminhão com duas toneladas de urânio!

XXXV

Prezado Dr. Evandro:

Bomba! Bombasticamente falando, uma bomba!

O senhor estava com a razão, aliás, sempre esteve. Tenho uma bomba, uma bomba verdadeira, milhões de megatons. Nem sei como transmitir a emoção da descoberta, que me custou sacrifícios e uma dose maior de paciência e obstinação.

Repito: a bomba existe, ou melhor, está sendo feita em algum lugar daqui mesmo, desta freguesia que dizem ter sido fundada por Américo Vespúcio – o senhor, sendo mais culto, deve saber a respeito mais do que eu.

Para mim, Cabo Frio foi descoberta por Seabra e sua cúmplice, a ressuscitada Aparecida Menezes, correndo por fora a alemã de coxas teutônicas.

Levando-se em conta que o senhor nunca duvidou de meus anteriores relatos, garanto que as informações de agora são verazes, revelam o que apurei – embora os fatos ainda estejam nebulosos, sob o véu que a polícia colocou sobre o assunto. Apesar da cortina de fumaça jogada pelas autoridades, e dada a incontestável credibilidade dos meus informantes, posso assegurar que tudo o que se segue representa a verdade, a tão-só verdade — como se diz nos tribunais.

Em dias da semana passada, a polícia local (certamente alertada pela Polícia Federal ou por algum descontente do grupo que está fabricando a bomba nuclear) tomou conhecimento de que, nos dias seguintes, um caminhão chegaria à cidade, onde se abasteceria de sal, seguindo depois para um local ainda ignorado mas próximo. E que o caminhão transportava clandestinamente um grande carregamento de drogas e — pasme-se, Dr. Evandro —, de areia contendo urânio e outros materiais radioativos.

Quem me revelou a chegada do caminhão, — pasme-se novamente — foi o próprio Seabra, numa tarde em que bebeu muito, queixou-se de Aparecida e de Manuel Firme, dizendo que nas noites em que os três dormiam juntos, apesar da faixa etária dele ser quase a mesma do rival, Aparecida preferia Manuel Firme, dando geralmente duas ou três, enquanto ele, capim antigo, ficava na mão, literalmente, masturbando-se quando não mais agüentava assistir à sacanagem alheia. E pior, alegando que em seu atual estado de ruína ficara um pouco brocha, imitava as bandeiras nacionais que nos dias de luto oficial ficam a meio pau.

Desabafo vai, desabafo vem, Seabra revelou que estava à véspera de realizar o maior feito de sua acidentada existência. Soubera que a polícia local, como sempre desaparelhada e sem verbas, fora advertida para um caso de repercussão nacional e internacional. E de tal magnitude que começaria a receber reforços da Polícia Federal.

A única pista que os policiais locais e federais conseguiram era precária: o caminhão suspeito estaria vindo de Vitória, no Espírito Santo, e era dirigido por um — pasme-se pela terceira vez — por um alemão!

Um alemão que, independente de ter coxas teutônicas ou não, teria sido instruído sobre o local onde descarregaria o material por uma cidadã igualmente alemã, com certeza a mesma que tinha — essa sim —

coxas teutônicas, atestadas pela A Gazeta do Cabo, *quando de seu posterior sumiço.*

Ela viera como escalão avançado, disfarçada de várias maneiras, como ex-aeromoça, ex-modelo no Quarteirão dos Prazeres de Hamburgo, fabricante de bolsas e tabuleiros de gamão.

Feito o serviço, preparado o terreno, ela seria secretamente resgatada pelos elementos a soldo da empreitada patrocinada, também secretamente, por representantes do Acordo Nuclear Brasil-Alemanha.

De posse de tão valiosas informações – pasme-se mais uma vez, meu pasmado Dr. Evandro –, Seabra fez valer seu já minguado prestígio de gerente da ressuscitada, ex-vereador e ex-deputado estadual. Embora cassado por falta de decoro parlamentar em ambas as investiduras, muita gente daqui, gente humilde, crédula e desinformada, continua a considerá-lo pessoa influente, capaz de promover, se o quisesse, o bem geral, desde que antes promovesse seu bem particular.

Seabra convenceu ambas as polícias, a local e a federal, da necessidade de criar na estrada que liga São Pedro da Aldeia a Cabo Frio um posto rodoviário de emergência, que faria parar qualquer caminhão, para averiguar qual deles estaria sendo dirigido por um alemão.

Incontinenti, ele, Seabra, seria avisado do número da placa e das características do caminhão, esperaria pelo mesmo na bifurcação da estrada que distribui o fluxo de veículos para Cabo Frio e Arraial do Cabo. Não havia o que errar. Fosse para onde fosse, o caminhão teria de tomar um ou outro caminho, ouvi dizer que os políticos estão agora procurando uma terceira via, ela pode existir nas relações do Estado com a sociedade, mas não para quem chega a Cabo Frio. E, sobretudo, para um Seabra.

Foi fácil, para ele, identificar o carregamento suspeito. Estacionado à beira da estrada, com sua combalida Kombi e seus quatro alto-falantes, tão logo foi comunicado do motorista alemão, Seabra seguiu-o e, desta vez, quem ficou mais pasmo foi ele.

Atônito, Seabra descobriu que os forasteiros não eram um em dois, mas dois em dois mesmo. Um deles tido como feiticeiro, era o que vendia brinquedinhos de lata e madeira, que fizera o transatlântico "Tiradentes" e a imagem da Virgem Aparecida. Ia na boléia em indecorosa promiscuidade com o motorista alemão.

O outro não chegava a ser um feiticeiro, era apenas Manuel Firme, também forasteiro mas não feiticeiro, amigo de infância de Aparecida. Viera para Cabo Frio em busca de emprego numa usina nuclear que estaria sendo construída em Angra dos Reis.

Era – repito – Manuel Firme, o próprio, que não ia na boléia, mas em cima da areia contendo urânio que enchia a caçamba do caminhão. Ia esparramado, ovante, responsável por qualquer grão de areia destinado a produzir bombas atômicas, não estava na caçamba de um caminhão mas em cima de uma função, e, mais do que uma função, em cima de um futuro.

Sem saber o que concluir de tudo aquilo, e muito menos sem saber o que fazer, Seabra correu para me dar ciência dos fatos.

Com pasmo igual ao dele, faço o mesmo com o senhor, dando-lhe conta de que suas suspeitas não eram vãs. Como o senhor mesmo o disse, quando me contratou para a empreitada, havia caroço embaixo deste monumental e explosivo angu.

Atenciosamente,

XXXVI

Pasmos e pasmados

Uma sucessão de pasmos: ao pasmo do Seabra diante do caminhão com urânio, somei o meu próprio pasmo ao saber que Manuel Firme ia dentro daquela embrulhada que ameaçava tornar-se nuclear. Pasmo que foi aumentado quando, após informar o Dr. Evandro dos acontecimentos e circunstâncias, ele próprio ficou pasmado e, para aumentar o meu pasmo, mandou-me não o dinheiro dos extras que me devia, mas a ordem de regressar imediatamente ao Rio, dando por fim a minha tarefa, da qual só conseguira captar o pasmo dos outros e o meu próprio pasmo.

Bem verdade que fiquei sabendo, por interpostas pessoas, que havia dúvidas sobre o carregamento do caminhão. Seabra garantira que eram duas toneladas de urânio, ele chegara a fazer não sei que cálculos baseados em ignotas fontes, achava que com tanto urânio daria para fazer umas trinta ou quarenta bombas atômicas.

Outras pessoas diziam que o carregamento era sal para armazenagem no antigo depósito de uma salina desativada. Mas no dia seguinte, o caminhão foi visto descarregando inocente areia numa obra perto da rodoviária. E houve até quem espalhasse que era areia trazida de Copacabana para dar maior realismo e charme ao lago que o banqueiro de Minas fizera em sua casa e onde continuava a boiar, majestoso e iluminado às noites, o transatlântico "Tiradentes" da lavra do forasteiro que Aparecida julgava ser um feiticeiro.

Também não sei por quê, após descobertas tão emocionantes, Seabra, que já entrara em decadência, entrou também em depressão, da qual nem o Caboclo Ventania nem a Virgem Aparecida, por intermédio de Aparecida Menezes, o livraram de uma idéia fixa: terminar seus dias numa espécie de tebaida formada por hippies que também entravam em decadência e se refugiavam em acampamentos no caminho que leva a Rio das Ostras.

Onde Seabra não chegou a ser bem aceito. Pela idade e pelas façanhas pretéritas não fazia o gênero daqueles rapazes que, após uma década em que desdenharam a sociedade, começaram a ser desdenhados por si próprios, criando outros valores e outro comportamento.

Cansado dos homens e das mulheres, cansado sobretudo de si mesmo, cansado de fazer das suas e cansado de receber as outras que faziam contra ele, Seabra decidiu morrer, mas antes queria viver mais um pouco, para ver no que iam dar as coisas.

o o o

Aparecida já estava naquela fase em que não se admirava de mais nada. Tomou o desaparecimento de Seabra como natural e esperado. Mas ficou admirada quando, ao mexer nuns guardados que ele não levara, por inúteis à sua nova vida, entre recortes de jornais, fotos antigas, contas que não pagava e duas ou três cartas anônimas que ele esquecera de mandar, encontrou um pequeno manual de preces que nunca vira Seabra usar.

Como todos mais ou menos sabiam, constava que Seabra tivera relações inconfessáveis com Madre Teresa de Calcutá, não em Calcutá, mas em Bombaim. Depois do desvario de ambas as partes, e para perdão coletivo, a madre pediu que ele rezasse os sete salmos penintenciais.

Não era artigo fácil de encontrar, nem em Calcutá nem em Bombaim. Mas Seabra ainda não estava decadente, pelo contrário, começava a viver seus momentos de glória, seu apogeu pessoal. Conheceu um beneditino em Solesmes, na Bélgica, lugar onde nunca tinha ido. O monge o atendeu na emergência e deu-lhe os salmos penitenciais em versão latina e francesa, duas línguas que Seabra desconhecia, só era hábil na própria, e nem sempre para fins decentes.

Então Seabra guardara aquele manual de preces todos aqueles anos? Pior do que tudo, o livrinho era uma pista, uma prova de que tudo o que ele contava nem sempre era mentira, invenção desvairada de uma cabeça igualmente desvairada. Um assassino esgana uma mulher, não deixa rastros, apaga todos os vestígios do crime, a polícia leva anos procurando o culpado, de repente, alguém descobre um fio de cabelo louro numa roupa suja de sangue no armário de um sujeito acima de qualquer suspeita. Pronto. O crime está desvendado. A vítima era loura e o sangue da camisa era dela. Fim de caso.

O manual de preces podia equivaler ao fio de cabelo louro ou à camisa ensangüentada que Seabra guardara todo aquele tempo. E agora? Proceder a uma revisão radical dos seus feitos e desfeitos era ao mesmo tempo cansativo e inútil. Aparecida muito se admirou mas não botou a boca no mundo, decidiu ficar quieta. Tomou a iniciativa de não fazer nada.

Continuou na sua, em ritmo mais compassado, quase parando, que apenas lhe garantisse a vida e o ofício até o fim de seus dias. Não temia a morte. Para quem já havia morrido uma vez, seria fácil.

ooo

Nunca fui de tomar medidas truculentas, mas achei que era sacanagem demais. Além de pedir o meu imediato regresso, o Dr. Evandro impediu meu ingresso em seu escritório, deixando-me na mão, sem emprego e sem qualquer tipo de compensação.

Salvou-me Maria Ignês, que afinal estudava Direito e breve seria advogada, pretendia fazer concurso para juíza do Trabalho, tinha preocupações sociais, achava que devia se dedicar à luta pelas melhores relações entre o capital e o trabalho, o que estava, como os hippies que abrigaram Seabra, fora de moda.

Além de possuir o excelente fêmur que tanto me excitava (na realidade, eram dois fêmures e dupla minha excitação), ela possuía a fome da Justiça. Tanta e tamanha que me forçou a entrar com uma ação contra o Dr. Evandro, tinha uma colega que atuava no setor, deu entrada no processo, depois de muita papelada, idas-e-vindas aos cartórios, fui intimado a comparecer a uma das Varas (por que varas?) da Justiça do Trabalho.

O escritório do Dr. Evandro foi intimado, mandou dois advogados para defender a causa, mas as provas eram todas a meu favor. Tudo estava pronto para a sentença que deveria condená-lo a pagar o que me devia, inclusive multas e moras.

Marcaram a audiência para o final da tarde, assisti num canto da sala a outros julgamentos, um açougueiro que despediu sem justa causa um empregado, ameaçando-o com um facão; o dono de um salão de beleza para homens e mulheres que demitira duas manicures sob a alegação de que se aproveitavam dos fregueses para exercer o ofício de putas – causa complicada com depoimentos e testemunhos obscenos e contraditórios que se estenderam pela tarde adentro. Custou a chegar a minha vez.

Cansei de ouvir o que não me interessava. Maria Ignês, que estava ao lado, atuando como estagiária no lugar de minha advogada, também se cansou e foi comprar um sapato numa loja da rua São José, prometendo voltar logo, mas me deixando sozinho.

De tanto olhar a parede atrás da mesa do juiz, e do escrivão, descobri que havia um busto que aparentemente podia ser de Tiradentes ou de Jesus Cristo. Estranhei aquele busto. Geralmente, nas salas onde a Justiça se manifesta, há um crucifixo que tanto pode consolar os réus como advertir os juízes para um dos erros judiciários mais conhecidos da história.

Após muito olhar, desconfiei que o busto podia ser de Tiradentes, um Tiradentes opaco pelo bronze envelhecido e coberto de poeira. Não dava para ver bem mas acho que havia alguma coisa parecida com uma corda em volta do pescoço.

Optei por descartar o Crucificado e fiquei com o Enforcado. E caí numa espécie de prostração: toda aquela embrulhada em que me metera tivera início com Tiradentes, não o daquele busto, mas o do navio boiando no lago artificial de um banqueiro natural de Minas.

Do navio fosforescente e majestoso ao busto opaco e sem brilho, aproveitei para pensar um pouco na minha vida – coisa que nunca fizera antes por falta de tempo e oportunidade. Afinal, era a primeira vez que estava diante de um fato imponente, uma sentença proferida por um profissional do Estado que examinaria provas e contraprovas tomadas a termo por outros profissionais categorizados, numa ação que não chegava a ser importante para ninguém, a não ser para mim.

De certa forma, tanto Jesus Cristo como Tiradentes passaram mais ou menos por aquilo que eu estava passando – o pensamento era idiota, com cheiro de blasfêmia religiosa num caso, e de falta de respeito cívico no outro. Ambos enfrentaram juízes, testemunhas, acusações – foram condenados à morte, não seria o meu caso. Fazendo justiça ao Dr. Evandro, ele só queria se ver livre de me pagar o que me devia e, posteriormente, se ver livre de mim para sempre, mas sem necessidade de apelar para soluções definitivas, cruentas.

Já conhecia as alegações de sua defesa. Em réplica assinada por cinco advogados, o Dr. Evandro afirmava que eu era um irresponsável, traíra a sua boa vontade em me ajudar, filho de um amigo já falecido, é certo, mas filho desnaturado. Não passava de um contínuo, moço de recados, que ele mandava comprar cigarros, frutas-de-conde para as amigas, servir café ou água gelada, eventualmente levar um processo ao foro, nada mais do que isso.

O que eu chamava de "missão" era uma alucinação, delírio de uma mente doentia, por certo prejudicada pela sífilis que herdara de meu pai, bom homem mas promíscuo com as mulheres. Na realidade, o Dr. Evandro me pedira para ir a Cabo Frio, pagando-me estada e um extra por conta de duas ou três semanas em que eu deveria saber quais eram as testemunhas arroladas pelo promotor local que faria a acusação de um crime ali ocorrido, quando um empresário paulista assassinou a amante por causa de uma alemã que lhe vendia drogas.

Seus advogados lembravam que a prática de recusar jurados era comum, de um grupo de cidadãos colocados à disposição do tribunal, sete deles seriam sorteados para compor o conselho de sentença, tendo os advogados da defesa e da acusação o direito de recusar alguns, suspeitos de já terem juízo formado sobre a culpa ou a inocência do réu.

Dr. Evandro queria saber quem eram e o que faziam os cidadãos cabo-frienses que iriam compor o Corpo de Jurados naquele mês — prática adotada por todos os advogados do mundo, "desde Cícero, que defendera Milone num julgamento famoso na Roma antiga" — cito de memória um trecho que me impressionou na contestação que os advogados apresentaram.

E se fosse verdadeira a alegação deles e tudo aquilo não passasse de uma alucinação de minha parte? Como convencer qualquer pessoa sadia da enormidade de minha história, que incluía um tipo improvável como Seabra, uma mulher que morreu e ressuscitou, Manuel Firme, dois feiticeiros de uma só vez, uma alemã que desaparecera, a usina nuclear que ninguém pensara em construir?

Por seus advogados, o Dr. Evandro negava que eu lhe houvesse enviado qualquer relatório sobre o que me solicitara. Limitara-me — segundo ele — a mandar bilhetes que eram "indecentes e descabidas facadas", pedindo-lhe um dinheiro que em hipótese alguma me devia.

Dr. Evandro garantia que nunca me encomendara relatórios e nunca os recebera. Eu inventara uma história fantástica, uma farsa inconseqüente, raiando a chantagem, tendo como ponto de partida um elemento desvairado que dizia ter tido "intercurso sexual com uma santa que brevemente seria levada à glória dos altares". E tendo como cenário principal a absurda construção de "uma usina nuclear que violaria acordos internacionais dos quais o Brasil era um dos signatários, colocando em perigo o equilíbrio do mundo e a paz universal".

o o o

Dessa embrulhada toda sobrava Maria Ignês, que existia mesmo e me aconselhara a apelar para a Justiça. Era a prova de tudo o que houve – o fio de cabelo louro e a camisa ensangüentada – e não o desatino da mente doentia do filho de um sifilítico. Mas uma prova que nada provava, a não ser para mim mesmo. Além do mais, embora me acompanhasse na audiência, cansada de tudo e talvez de mim mesmo, de repente me deixou sozinho e foi comprar sapato na rua São José.

Eu havia feito o que fora possível, fizera tudo o que os outros esperavam de mim. Agora, que os outros fizessem o que eu esperava deles.

Não era uma questão de receber o que me deviam. Eu é que nada devia aos outros.

o o o

Até que chegou a minha vez.

Finalmente, estaria à frente da verdade, a minha e a dos outros, ali representada pelo Dr. Evandro, os advogados, as testemunhas, o juiz, o Estado. Aquela embrulhada toda, farsa sem pé nem cabeça, com personagens delirantes, enredo absurdo, tempo sem tempo e até com algum contratempo, aquilo tudo seria decidido.

Uma demência pessoal? Eu entendera errado as instruções do Dr. Evandro, afundara-me num buraco sem fundo? Buscando a verdade em sua fonte, caíra no poço da mentira? Não seria o primeiro a fazer isso, muitos outros, antes de mim, também caíram no mesmo poço.

Águas passadas ou águas futuras. Havia agora um juiz, a neutralidade do Estado, representando a sociedade dos homens comuns que nunca tinham ido a Bombaim transar com uma futura santa, com mulheres que ressuscitaram, com feiticeiros que se meteram com alemãs de coxas teutônicas. E, ainda por cima, com uma usina nuclear clandestina que ameaçaria a paz mundial.

Daquela sala apertada e sórdida, como costumam ser as varas da Justiça, viria a voz soberana, a voz que absolveria minhas dúvidas ou condenaria a minha alucinação.

O juiz leu a petição inicial, os depoimentos das partes (o Dr. Evandro e eu) e anunciou que ia dar a sentença. E eu poderia voltar à existência normal e medíocre, continuando a minha vida, demente ou não, o que importava?

Tudo pronto. O juiz olhou o relógio. Fechou o processo, arrumou uns papéis em cima de sua mesa, bebeu um gole de água que devia estar quente e empoeirada como o busto de Tiradentes. Tirou os óculos, limpou-os com um lenço de papel, pensei que ia guardá-los em algum canto mas colocou-os novamente em cima do nariz. De lentes limpas, olhou para a sala e para os circunstantes, como se somente agora nos visse a seu redor.

Disse que a sentença ficaria para outra ocasião. Alegou o adiantado da hora.

markgraph
Rua Aguiar Moreira, 386 - Bonsucesso
Tel.: (21) 3868-5802 Fax: (21) 270-9656
e-mail: markgraph@domain.com.br
Rio de Janeiro - RJ